이방인

세계문학의 숲 020

L ' é t r a n g e r

이방인

알베르 카뮈 지음

최수철 옮김

시공사

일러두기

1. 이 책은 1942년 프랑스 갈리마르 출판사에서 처음 출간된 프랑스 작가 알베르 카뮈 (Albert Camus)의 《이방인(L'étranger)》을 우리말로 옮긴 것이다.

2. 번역은 갈리마르(Gallimard) 출판사의 폴리오(folio)판(2010년)을 대본으로 삼았고, 영어판 《The Outsider》(Joseph Laredo 번역, Penguin Books 발행, 2000년)과 《The Stranger》(Mattew Ward 번역, First Vintage International 발행, 1989년)을 참고했다.

차례

1부

1

오늘 엄마가 죽었다. 어쩌면 어제인지도 모른다. 양로원으로부터 전보를 한 통 받았다. "모친 사망, 내일 장례식 예정. 삼가 조의를 표함." 이것만으로는 알 수가 없다. 아마도 어제였을 것이다.

양로원은 알제에서 80킬로미터 떨어진 마랑고에 있다. 두 시에 버스를 타면, 날이 저물기 전에 도착할 수 있을 것이다. 그러면 밤샘을 하고 나서 내일 저녁에는 돌아올 수 있으리라. 나는 사장에게 이틀 동안의 휴가를 청했는데, 그로서는 이유가 이유니만큼 거절할 수 없었다. 그러나 좋아하지 않는 눈치였다. 나는 그에게 이런 말을 하고 말았다. "그건 제 탓이 아닙니다." 사장은 아무런 대꾸도 하지 않았다. 그제야 나는 괜한 말을 했다는 생각이 들었다. 굳이 내 쪽에서 변명을 할 필요는 없었던 것이다. 오히려 그가 내게 조의를 표했어야 마땅했다. 그러나 모레쯤에 내가 상복 차림을 하고 있는 것을 보면 격식을 갖추고 대할 것이다. 지금은 어찌 보면 엄마가 죽지 않은 거나 다를 바 없는 상태다. 장례식을 치르고 나야 비로소 확정적인 사실이 되어 모두가 그 사실을 공적으로 인정하게 될 것이다.

나는 두 시에 버스를 탔다. 날씨가 몹시 더웠다. 나는 평소처럼 셀레스트네 식당에서 점심을 먹었다. 사람들은 모두 내게 위로의 말을 건넸고, 셀레스트가 내게 말했다. "누구에게나 어머니는 한 분밖에 안 계시지." 내가 나올 때는 모두들 문간까지 바래다주었다. 나는 약간 정신이 없었다. 에마뉘엘의 집에 들러 검은 넥타이와 상장을 빌려야 한다는 생각이 뒤늦게 들었기 때문이었다. 에마뉘엘은 몇 달 전에 삼촌을 잃었다.

나는 버스를 놓치지 않기 위해 뛰었다. 그렇게 서두르며 달렸던 데다가 덜컹거리는 버스, 휘발유 냄새, 도로와 하늘에서 번쩍이는 햇빛, 아마도 그 모든 것 때문에 나는 졸음에 빠져 들었다. 차가 달리는 동안 거의 내내 잠을 잤다. 눈을 떴을 때는 어떤 군인의 어깨에 기대어 있었는데, 그가 내게 미소를 지으며 어디 먼데서 오느냐고 물었다. 나는 더 말하고 싶은 생각이 들지 않아서 "네" 하고 대답했다.

양로원은 마을에서 2킬로미터 떨어진 곳에 있다. 나는 그곳까지 걸어서 갔다. 곧바로 엄마를 볼 생각이었다. 하지만 관리인이 원장을 만나야 한다고 말했다. 원장이 바빴던 탓에 나는 잠시 기다려야 했다. 그러는 동안 관리인은 줄곧 이런저런 이 야기를 늘어놓았고, 얼마 후에 나는 원장을 만났다. 원장은 자 기 사무실에서 나를 맞았다. 그는 키가 작은 노인이었는데, 레 지옹 도뇌르 훈장을 달고 있었다. 그는 맑은 눈초리로 나를 바 라보았다. 그러고는 나와 악수를 했는데 어찌나 오랫동안 내 손을 붙들고 놓지 않았던지, 나로서는 어떻게 손을 거둬야 할 지 몰라 무척 난감했다. 원장은 서류를 훑어보고 나서 말했다. "뫼르소 부인은 3년 전에 이곳에 들어오셨군요. 의지할 사람은 당신밖에 없었고요." 나는 그가 나를 나무라고 있다고 생각하 고서 사정을 설명하기 시작했다. 그러나 그가 내 말을 가로막 았다. "변명할 건 없어요. 당신 어머니의 서류를 읽어보았습니 다. 어머니를 부양할 수 없는 처지였더군요. 어머니한테는 돌 봐줄 사람이 필요했어요. 당신의 월급은 얼마 되지 않았고 말 이지요. 그리고 어찌 되었든 어머니께서는 여기에서 더 행복하 게 지내셨습니다." 나는 대답했다. "그렇습니다, 원장님." 그가 덧붙여 말했다. "아시다시피 어머니께는 같은 연배의 친구들이 계셨어요. 그분들과 함께 지나간 옛 추억을 나눌 수 있었지요. 당신은 젊으니까 당신과 함께 살았으면 아무래도 무료하셨을 겁니다."

그것은 사실이었다. 집에 있었을 때, 엄마는 아무 말 없이 나를 지켜보며 시간을 보냈다. 양로원에 들어가고 난 처음 며 칠 동안은 종종 울곤 했다. 그러나 그것은 습관 탓이었다. 몇 달 후에 양로원에서 데리고 나오겠다고 했더라도 역시 울었을 것이다. 마찬가지로 습관 때문에 말이다. 마지막 해에 내가 양로원에 거의 가지 않은 데는 그런 이유도 없지 않다. 게다가 그러자면 일요일을 빼앗겨야 하기 때문이기도 했다. 버스 정류장에 가서 표를 사가지고 두 시간 동안 차를 타야 하는 수고는 제쳐두고라도.

원장은 내게 계속해서 말을 건넸다. 그러나 나는 그의 말을 귓전으로 흘려듣고 있었다. 이윽고 그가 말했다. "물론 어머님을 보고 싶으실 테지요." 내가 말없이 자리에서 일어서자, 그는 문 쪽으로 앞서서 걸어갔다. 층계에서 그가 사정을 설명했다. "시신은 구내의 작은 영안실로 옮겨놓았습니다. 다른 사람들을 자극하지 않기 위해서지요. 사망자가 생길 때마다 모두들 이삼일 동안 신경이 날카로워지거든요. 그렇게 되면 일하기가 어려워지지요." 우리는 안뜰을 가로질러 갔는데, 그곳에는 많은 노인들이 몇 명씩 한데 모여 잡담을 나누고 있었다. 우리가 지나갈 때 그들은 입을 다물었다. 그리고 우리 등 뒤에서 다시 대화가 시작되었다. 마치 앵무새들이 낮게 지저귀는 소리를 듣는 듯했다. 한 작은 건물의 문 앞에 이르자 원장은 나를 그곳에 두고 돌아갔다. "그럼 나는 가보겠습니다, 뫼르소 씨. 필요한 게 있으면 언제든 사무실로 나를 찾아오세요. 원칙적으로 장례식은 아침 열 시에 시작됩니다. 고인 곁에서 밤샘하실 걸 고려하여 그렇게 정한 것입니다. 한 말씀 더 드리자면, 어머님께서는 종교 의례에 따라 장례식을 치러주었으면 한다는 뜻을 동료들에게 몇 차례 밝히셨던 모양입니다. 거기에 맞게 내가 모든 걸 처리해놓았습니다. 그 점 미리 알려드립니다." 나는 원장에게 고맙다고 말했다. 그런데 엄마는 무신론자라고는 할 수 없었지만 생전에 종교에 대해 생각해본 적이 없던 터였다.

나는 안으로 들어갔다. 흰 회벽에다 커다란 유리창이 달린 매우 밝은 방이었다. 의자들과 X자 모양의 받침대들이 눈에 들어왔다. 그중 방 한가운데에 있는 두 개의 받침대 위에는 뚜껑이 덮인 관 하나가 놓여 있었다. 반짝이는 나사못들이 유독 눈에 띄었는데, 살짝 박아 넣은 터라 호두 기름을 칠한 널판지 위로 도드라져 보였다. 관 옆에는 흰 제복을 입은 아랍인 간호사가 앉아 있었는데, 머리에 짙은 색깔의 스카프를 쓰고 있었다.

그때 관리인이 뒤따라 들어왔다. 서둘러 달려온 모양이었다. 그는 약간 더듬거리며 말했다. "관을 닫아 놓았습니다만, 어머니를 보실 수 있도록 나사를 뽑아드리지요." 그러면서 관 쪽으로 다가갔고, 나는 그를 제지했다. 그가 내게 말했다. "보고 싶지 않으신가요?" 내가 대답했다. "네." 그가 말을 뚝 그쳤고, 나는 그런 말은 하지 말았어야 했구나 싶어서 난처했다. 잠시 후 그는 나를 바라보며 물었다. "왜지요?" 그러나 나를 탓하려는 게 아니라 그저 알고 싶어 하는 기색이었다. 나는 말했다. "모르겠습니다." 그러자 그는 하얀 콧수염을 살짝 꼬면서 내 쪽을 보지도 않고 툭 말을 던졌다. "이해가 갑니다." 그의 옅은 푸른색 눈은 호감이 갔고, 얼굴빛은 약간 불그스레했다. 그는 내게 의자를 권하고서 자기도 내 뒤에 조금 떨어져서 앉았다. 간호사가 자리에서 일어나 문 쪽으로 걸어갔다. 그때 관리인이 내게 말했다. "종양이 있답니다." 무슨 말인지 몰라서 간호사를 바라보니, 그녀는 눈 밑으로 해서 머리에 붕대를 감고 있었다. 코가 있을 자리의 붕대가 납작했다. 그녀의 얼굴에서는 흰 붕대밖에 보이지 않았다.

간호사가 나가자 관리인이 말했다. "저도 그만 가보겠습니다." 내가 어떤 몸짓을 보였는지 모르지만, 그는 내 뒤에 그대로 가만히 서 있었다. 등 뒤에 누군가가 있다는 게 나를 거북하게 했다. 실내는 오후 끝 무렵의 환한 빛으로 가득했다. 말벌 두 마리가 유리창에 부딪치며 붕붕거리고 있었다. 졸음이 오는 게 느껴졌다. 나는 몸을 뒤로 돌리지도 않고서 물었다. "여기에 오신 지 오래 되었습니까?" 그가 즉시 대답했다. "5년이요." 마치 진작부터 내가 그렇게 물어주기를 기다렸다는 듯이.

그러고 나서 그는 수다스럽게 이야기를 늘어놓았다. 그가 마랑고 양로원에서 관리인으로 일생을 마치게 될 것이라고 혹시라도 누가 말했더라면, 아마 그는 펄쩍 뛰었을 것이다. 그는 나이가 예순네 살이고 파리 태생이었다. 그때 내가 그의 말을 가로막고 말했다. "아! 여기 출신이 아니시군요?" 그러자 그가 나를 원장실로 안내하기 전에 엄마 이야기를 했던 기억이 떠올랐다. 아까 그는 내게, 특히 이 고장처럼 산이 없는 평지는 날씨가 몹시 더운 탓에 서둘러 매장을 해야 한다고 말했다. 그가 한때 파리에 살았고, 그 시절이 좀처럼 잊히지 않는다는 말을 한 것도 그때였다. 파리에서는 시신과 사흘, 때로는 나흘 동안 함께 지내곤 한다. 그러나 여기서는 그럴 시간이 없어서, 실감을 느낄 겨를도 없이 벌써 영구차 뒤를 따라가야 한다는 것이다. 그때 그의 아내가 그에게 말했다. "그만해둬요. 이 분에게 할 이야기가 아니잖아요." 늙은 관리인은 얼굴을 붉히며 사과를 했다. 나는 두 사람 사이에 끼어들어 말했다. "그렇지 않아요. 그렇지 않다고요." 나는 관리인의 이야기가 옳을 뿐만 아니라 흥미롭다고 생각했다.

그 좁은 영안실 안에서, 관리인은 자기가 극빈자 신분으로 양로원에 들어왔다는 사실을 내게 알려주었다. 사지가 멀쩡하다고 여겼으므로 관리인 자리를 맡겠다고 자청했다는 것이다. 나는 어쨌거나 그도 양로원에 수용되어 있는 사람들 중의 하나가 아니겠냐고 말했다. 그는 아니라고 했다. 나는 아까부터 그가 그곳에 있는 노인들에 대해 "그들"이라거나 "다른 이들" 간혹 심지어는 "늙은이들"이라는 식으로 말하는 것을 듣고서 놀라곤 했다. 그들 중에는 그보다 나이가 많지 않은 사람들이 있는 데도 말이다. 그러나 물론 그는 그들과는 같지 않았다. 그는 관리인인 만큼, 어느 정도 그들에 대해 나름의 권리를 갖고 있었다.

그때 간호사가 들어왔다. 어느새 저녁이 되었다. 유리창 너머로 어둠이 금세 짙어졌다. 관리인이 불을 켜자, 갑작스레 환한 불빛이 쏟아져 내리는 바람에 눈이 부셔서 아무것도 보이지 않았다. 그는 내게 구내식당으로 저녁을 먹으러 가자고 청했다. 그러나 나는 배고프지 않다고 말했다. 그러자 그는 밀크커피를 한 잔 가져다주겠다고 제안했다. 나는 밀크커피를 매우 좋아해서 그러라고 했고, 잠시 후에 그는 쟁반을 들고 돌아왔다. 나는 커피를 마셨다. 그러자 담배가 피우고 싶어졌다. 그러나 엄마 앞에서 그래도 되는지 몰라 망설였다. 잠시 가만히 생각해보니 별로 중요한 문제가 아니었다. 나는 관리인에게 담배를 권했고, 함께 담배를 피웠다.

얼마 후 그가 내게 말했다. "그런데 말이죠, 모친의 친구 분들도 밤샘을 하러 올 겁니다. 관행이 그렇습니다. 의자들과 블랙커피를 가져와야겠어요." 나는 전등들 중에서 하나를 끌 수 없겠냐고 그에게 물었다. 하얀 벽에 반사되는 불빛 때문에 눈이 피로했던 것이다. 관리인을 그럴 수 없다고 말했다. 시설이 그렇게 되어 있었다. 전부 켜거나 전부 끄거나 둘 중 하나였다. 나는 더 이상 그에게 신경 쓰지 않았다. 그는 나갔다가 돌아와서 의자들을 배열했다. 그리고 한 의자 위에다가 커피 주전자를 놓고 그 주위에 잔들을 포개 놓았다. 그러고는 엄마 건너편에 나와 마주하고 앉았다. 간호사도 등을 돌린 채 저만치 안쪽에 앉아 있었다. 그녀가 무엇을 하고 있는지 내게는 보이지 않았다. 하지만 팔의 움직임으로 보아 뜨개질을 하는 중이라고 짐작했다. 실내는 따뜻했고 커피를 마셔서 몸이 훈훈했으며, 열린 문을 통해 밤과 꽃의 내음이 흘러들고 있었다. 나는 잠깐 졸았던 모양이다.

뭔가 스치는 소리가 나를 깨웠다. 눈을 감고 있었던 탓에, 아까보다 훨씬 강한 실내의 흰 빛이 눈을 찔렀다. 내 앞에는 그림자 하나 없었고, 물건들과 모서리 하나하나와 더불어 모든 곡선들이 눈이 아플 정도로 선명하게 드러나 있었다. 바로 그때 엄마의 친구들이 들어왔다. 모두 열 명쯤 되었는데, 그 눈부신 빛 속에서 조용히 미끄러지듯 움직였다. 그러고는 의자 끄는 소리 하나 내지 않고 자리에 앉았다. 나는 사람이라곤 한 번도 본 적이 없는 것처럼 그들을 유심히 바라보았는데, 그들의 얼굴이나 옷차림의 어느 한 사소한 부분도 내 눈길에서 벗어나지 않았다. 그러나 그들에게서는 아무런 소리도 들려오지 않아서 그들이 실제로 그 자리에 있다는 게 믿기지 않을 정도였다. 여자들은 거의 모두가 앞치마를 두르고 허리를 끈으로 졸라매고 있어서, 불룩 나온 아랫배가 더 튀어나와 보였다. 나는 지금까지 늙은 여자들이 이렇게까지 커다란 배를 가질 수 있으리라고는 생각조차 하지 못했다. 남자들은 대부분 몹시 여위었고 지팡이를 짚고 있었다. 나는 그들의 얼굴을 보고서 깜짝 놀랐는데, 두 눈은 보이지도 않고 단지 주름살이 둥지처럼 모여 있는 곳 한가운데에서 광채 없는 희미한 눈빛만 보였기 때문이었다. 자리에 앉았을 때, 그들은 거의 모두가 나를 바라보며 이가 빠져버린 입 속으로 입술이 다 말려들어간 모습으로 머리를 힘겹게 수그렸는데, 내게 인사를 하는 것인지 혹은 단지 버릇인지 알 수 없는 노릇이었다. 아마도 내게 인사를 건넨 게 아닌가 싶었다. 그러자 그들 모두가 관리인을 가운데 두고 나와 마주앉아서 고개를 가볍게 흔들고 있는 광경이 내 눈에 들어왔다. 한순간 나는 그들이 나를 심판하기 위해서 거기에 와 있는 듯한 엉뚱한 느낌이 들었다.

잠시 후 한 여자가 울기 시작했다. 그녀는 둘째 줄에 앉아 있었는데, 앞에 앉은 다른 여자 동료에게 가리어 잘 보이지 않았다. 그녀는 짧은 소리를 규칙적으로 잇달아 내며 훌쩍거렸다. 내가 보기에는 여간하여 울음을 그칠 것 같지 않았다. 그래도 다른 사람들은 마치 그 소리가 들리지 않는 듯한 기색이었다. 그들은 무기력하게 침울한 낯빛으로 묵묵히 앉아 있었다. 모두들 관이나 지팡이나, 아니면 아무거나 바라보고 있었는데, 오직 그것 하나만 들여다보고 있었다. 여자는 여전히 흐느끼고 있었다. 나는 내가 그녀를 전혀 모른다는 사실에 몹시 놀랐다. 이제는 그 울음소리를 그만 들었으면 싶었다. 하지만 그런 말을 그녀에게 할 수는 없었다. 관리인이 그녀에게로 몸을 기울여 말을 건넸으나, 그녀는 머리를 가로저으며 뭐라고 중얼거리더니 다시 계속하여 규칙적으로 울먹였다. 그때 관리인이 내 쪽으로 왔다. 그는 내 옆에 앉았다. 그리고 한참 있다가 내 얼굴도 보지 않고서 내게 일러주었다. "저 분은 모친과 매우 가깝

게 지냈어요. 모친이 여기서는 유일한 친구였는데, 이제는 외톨이 신세가 되었다는군요."

우리는 오랫동안 그렇게 앉아 있었다. 여자의 한숨과 흐느낌은 점차 뜸해졌다. 그녀는 자주 코를 훌쩍거렸다. 그러다가 마침내 잠잠해졌다. 나는 더 이상 졸리지 않았으나, 피로했고 허리가 결렸다. 이제 나를 힘겹게 하는 것은 바로 모든 사람들의 침묵이었다. 단지 때때로 이상한 소리가 들렸는데, 무슨 소리인지 알 수가 없었다. 한참 후에야 나는 노인들 중 몇몇이 볼 안쪽을 빨면서 그처럼 이상하게 혀 차는 소리를 내는 거라고 짐작할 수 있었다. 그러면서도 정작 자신들은 그 소리를 듣지 못했는데, 그만큼 제각기 깊은 생각에 몰두해 있었던 탓이었다. 심지어 나는 그들 한가운데에 누워 있는 주검이 그들의 눈에는 아무런 의미도 없는 것 같다는 인상도 받았다. 그러나 지금 생각해보면, 그것은 옳은 인상이 아니었다고 여겨진다.

우리는 모두 관리인이 따라준 커피를 마셨다. 그 후의 일은 잘 모르겠다. 밤이 지나갔다. 잠깐 눈을 뜨고서 노인들이 몸을 구부린 채 잠들어 있는 모습을 본 기억이 나는데, 그중 한 사람이 잠들지 않고 지팡이를 움켜쥔 두 손등 위에 턱을 괴고서, 마치 내가 깨기만을 기다렸다는 듯이 나를 뚫어지게 바라보고 있었다. 그리고 나서 나는 다시 잠이 들었다. 잠이 깬 건 허리의 통증이 점점 더 심해졌기 때문이었다. 유리창이 점차 밝아지고 있었다. 잠시 후에, 노인들 중 한 사람이 깨어나 심하게 기침을 했다. 그는 커다란 체크무늬 손수건에 가래침을 뱉어댔는데, 그때마다 속의 것을 강제로 뽑아내는 듯한 소리를 냈다. 그가 다른 사람들의 잠을 깨웠고, 관리인은 그들에게 숙소로 돌아갈 시간이 되었다고 알려주었다. 그들은 자리에서 일어났다. 불편한 밤샘으로 인해 그들의 얼굴은 잿빛이 되어 있었다. 그들은 방을 나가면서 모두 내게 악수를 청했고, 나는 깜짝 놀랐다. 마치 지난밤에 서로 한마디도 나누지 않았음에도 우리 사이가 훨씬 친밀해지기라도 한 듯한 기색이었다.

나는 피곤했다. 관리인이 자기 거처로 안내했고, 나는 간단히 얼굴을 씻을 수 있었다. 밀크커피를 한 잔 더 마셨는데 맛이 아주 좋았다. 밖으로 나오자, 날은 완전히 밝아져 있었다. 마랑고와 바다를 가르는 구릉들 위로 하늘이 온통 붉게 물들어 있었다. 그리고 구릉들 쪽에서 불어오는 바람이 이곳까지 소금 냄새를 실어오고 있었다. 쾌청한 하루가 막 시작되려는 참이었다. 나는 오랫동안 야외에 나와 본 일이 없어서, 엄마 일만 아니라면 산책하기에 무척 즐거우리라는 느낌이 들었다.

나는 마당에 있는 플라타너스 아래에서 기다렸다. 풋풋한 흙냄새를 깊이 들이마셨고, 더 이상 졸리지도 않았다. 사무실 동료들 생각이 났다. 이 시각이면 그들은 출근하려고 잠자리에서 막 일어났을 것이다. 내게는 언제나 그때가 가장 힘든 시간이었다. 한동안 그런 저런 생각에 잠겨 있었는데, 건물 안에서 울리는 종소리에 주의가 흐트러졌다. 창문 안쪽이 소란스럽더니, 이내 잠잠해졌다. 해는 하늘로 좀 더 높게 떠올라서 내 두 발을 뜨겁게 달구기 시작했다. 관리인이 마당을 가로질러 내게 로 와서 원장이 나를 찾는다고 말했다. 나는 원장실로 갔다. 원장은 내게 몇 가지 서류에 서명하게 했다. 나는 그가 줄무늬 바지 차림에 검은 옷을 입고 있는 것을 보았다. 그가 수화기를 손에 들고 내게 말을 건넸다. "장의사 직원들이 조금 전부터 대기하고 있습니다. 그 사람들에게 이제 와서 관을 닫으라고 할 참입니다. 그전에 마지막으로 한 번 더 어머니를 보시겠습니까?" 나는 아니라고 대답했다. 그는 전화기에 대고 낮은 목소리로 지시했다. "피자크, 그 사람들에게 일을 진행하라고 말하게."

그러고 나서 그는 자기도 장례식에 참석하겠다고 말했고, 나는 고맙다고 했다. 그는 책상 뒤에 걸터앉아 짧은 다리를 포갰다. 그는 나와 자기와 당번 간호사만이 참석하게 될 것이라고 일러주었다. 원칙적으로 노인들은 장례식에 참석할 수 없게 되어 있었다. 그는 그들에게 밤샘만 허용했다. "인간적인 배려를 하는 것이지요"라고 그가 말했다. 그러나 이번 경우에는 엄마의 오랜 남자 친구에게 장례행렬을 따라가도 좋다고 허락했다고 덧붙였다. "토마 페레라는 분입니다." 그때 그가 슬며시 미소 지었다. 그러고는 말했다. "사실 조금 유치한 감정이기는 하지요. 하지만 그 분과 어머니는 거의 떨어져 있는 일이 없었어요. 양로원 사람들이 놀리느라고 페레 씨에게, '이 분이 당신 약혼녀로군요'라고 하면, 그는 그냥 웃었어요. 그런 말을 듣는 게 즐거웠던 거예요. 아무튼 뫼르소 부인의 죽음이 그에게 큰 충격을 준 게 사실입니다. 그래서 그 분에게 장례식에 참석하는 것을 허락하지 않을 수 없었던 거지요. 하지만 왕진 오는 의사의 권고에 따라서 어제 밤샘은 못하게 했습니다."

우리는 한참 동안 말없이 앉아 있었다. 원장이 자리에서 일어나 사무실 창문으로 밖을 내다보았다. 그때 그가 뭔가를 보고서 말했다. "저기 마랑고 교구의 신부님이 벌써 와 계시네. 일찍 오셨군." 그는 마을 안에 있는 성당까지 가자면 적어도 45분은 걸릴 거라고 내게 귀띔해주었다. 우리는 마당으로 내려갔다. 건물 앞에는 신부와 복사(服事) 아이 둘이 서 있었다. 그중한 아이가 향로를 들고 있었는데, 신부는 아이 쪽으로 몸을 숙여서 은사슬의 길이를 조절하고 있었다. 우리가 다가가자 신부는 몸을 일으켰다. 그는 나를 "내 아들"이라고 부르며 내게 몇마디 말을 건넸다. 그러고는 건물 안으로 들어갔고, 나도 따라들어갔다.

관 뚜껑의 나사못들이 깊이 박혀 있는 게 한눈에 들어왔고, 그 주위에 검은 옷을 입은 네 명의 남자가 서 있었다. 원장이 내게 영구차가 길 위에서 기다리고 있다고 말했고, 그와 동시에 신부가 기도를 시작하는 소리가 들려왔다. 그러고 나서는 모든 게 빠르게 진행되었다. 네 명의 남자가 커다란 천을 들고 관 앞으로 나섰다. 신부와 복사 아이들, 원장, 그리고 나는 밖으로 나왔다. 문 앞에 내가 모르는 어떤 부인이 서 있었다. "뫼르소 씨입니다" 하고 원장이 말했다. 나는 그 부인의 이름을 듣지 못했지만, 당직 간호사라는 것을 알아차렸다. 그녀는 웃는 기색도 없이 뼈가 앙상하고 길쭉한 얼굴을 숙여 인사를 했다. 이윽고 우리는 관이 지나갈 수 있도록 옆으로 비켜섰다. 우리는 운구하는 사람들을 따라 양로원을 나왔다. 문 앞에 영구차가 기다리고 있었다. 그 차는 광택이 나고 길쭉하고 햇빛을 받아 번쩍거리는 모양이 꼭 필통처럼 보였다. 영구차 옆에는 키가 작고 우스꽝스러운 옷차림의 장례식 진행자와 거동이 어색한 노인 한 사람이 서 있었다. 나는 그가 페레 씨임을 알아보았다. 그는 위가 동그랗고 테두리가 넓은 중절모를 썼고 (그는 관이 문을 지날 때 그 모자를 벗었다), 양복바지 자락은 구두 위로 말려 올라가 있었으며, 크고 흰 깃이 달린 셔츠에 비해 너무 작은 검정 넥타이를 매고 있었다. 그의 입술은 검은 점들로 덮힌 코 밑에서 가볍게 떨리고 있었다. 가늘디가는 흰 머리털들 사이로, 아래로 축 처지고 귓바퀴가 흉하게 말린 묘하게 생긴 귀가 드러나 있었는데, 창백한 얼굴에 귀만 피처럼 붉은 빛이어서 보기에 섬뜩할 정도였다. 장례식 진행자가 우리 자리를 정해주었다. 신부가 앞장서고, 차가 뒤를 따랐다. 영구차 양쪽으로 네 명의 남자. 그 뒤로 원장과 나, 그리고 맨 끝에 당직 간호사와 페레 씨 순이었다.

하늘은 벌써 햇살로 가득 차 있었다. 태양이 대지를 짓누르기 시작했고, 기온이 빠르게 올라가고 있었다. 나는 왜 그렇게 오래 기다렸다가 출발했는지 이해할 수 없었다. 검은 옷을 입고 있는 탓에 무척 더웠다. 모자를 쓰고 있던 키 작은 노인은 다시 모자를 벗었다. 나는 노인 쪽으로 몸을 약간 돌리고서 그를 바라보았는데, 그때 원장이 내게 그에 대한 이야기를 해주었다. 나의 엄마와 페레 씨는 저녁 무렵에 간호사와 함께 마을까지 산책을 나가곤 했다는 것이다. 나는 주위의 들판을 바라보았다. 하늘에 거의 맞닿은 구릉들까지 늘어서 있는 삼나무들 사이로 붉고 푸른 대지와 드문드문하지만 윤곽이 뚜렷한 집들을 보고 있자니, 엄마의 심정이 이해가 갔다. 이 고장에서의 저녁은 일종의 서글픈 휴식시간과도 같았을 것이다. 그러나 오늘은 풍경을 전율케 하면서 천지에 넘쳐나는 햇빛으로 인하여 온통 비인간적이고도 위압적인 분위기가 이 땅을 지배하고 있었다.

우리는 걷기 시작했다. 그때 비로소 나는 페레가 다리를 약간 전다는 것을 알았다. 영구차가 점차 속도를 내자 노인은 뒤처졌다. 영구차 옆에서 걸어가던 네 사람 중 하나도 보조를 맞추지 못하여 지금은 내 곁에서 걷고 있었다. 나는 태양이 너무도 빨리 하늘 높이 떠오르는 것을 보고서 놀랐다. 온 들판이 곤충들의 울음소리와 풀잎들이 사각거리는 소리로 소란스럽다는 것을 느낀 건 벌써 아까부터였다. 땀이 볼을 타고 흘러내렸다. 나는 모자가 없어서 손수건으로 부채질을 했다. 그때 장의사 직원이 내게 뭐라고 말했는데, 나는 알아듣지 못했다. 그는 오른손으로 모자 가장자리를 들어 올리고서 왼손에 들고 있던 손수건으로 이마를 닦았다. 나는 그에게 물었다. "뭐라고요?" 그는 하늘을 가리키며 방금 한 말을 되풀이했다. "햇살이 너무 따갑다고요." 내가 말했다. "네." 잠시 후 그가 물었다. "고인이 어머님이신가요?" 나는 다시 "네"라고 대답했다. "연세가 많으셨나요?" 나는 정확한 나이를 몰라서 "그런 셈이죠"라고 대답했다. 그러자 그는 입을 다물었다. 나는 고개를 뒤로 돌려서, 페레 영감이 우리 뒤로 오십 여 미터 뒤쳐져 따라오고 있는 것을 보았다. 그는 모자를 벗어들고 팔을 휘저으며 걸음을 서두르고 있었다. 나는 눈길을 돌려 이번에는 원장을 바라보았다. 그는 불필요한 동작 하나 없이 매우 근엄하게 걷고 있었다. 땀방울이 이마에 맺혀 있었지만, 닦으려고도 하지 않았다.

운구 행렬이 좀 더 빨라진 것 같았다. 어딜 보아도 햇살을 잔뜩 머금은 채 눈부시게 빛나는 들판이 눈에 들어왔다. 하늘에서 쏟아져 내리는 빛이 견디기 어려울 지경이었다. 얼마 후에 우리는 최근에 새로 포장한 도로 위를 지나게 되었다. 강렬한 햇살에 아스팔트가 녹아서 갈라 터져 있었다. 발이 그 속으로 빠지면서 번쩍거리는 속살을 드러냈다. 영구차 지붕 너머로 보이는 마부의 가죽모자는 마치 그 검은 콜타르로 빚어서 만든 것 같았다. 푸르고 흰 하늘과 단조로운 검은색들, 겉으로 드러난 시커멓고 끈적거리는 콜타르, 빛바랜 검은색 상복, 검게 옻칠한 영구차, 그 사이에서 나는 정신이 약간 멍해졌다. 태양, 가죽 냄새, 영구차의 말똥 냄새, 니스 냄새, 향냄새, 꼬박 새운 지난밤의 피로, 그 모든 것이 내 시선과 머리를 혼미하게 했다. 나는 다시 한 번 뒤돌아보았다. 뿌옇고 뜨거운 대기 속에서 페레 영감이 까마득히 멀리 보이더니 이내 사라져 보이지 않았다. 나는 눈을 이리저리 돌려 찾아보다가, 그가 길을 벗어나 벌판을 가로질러 가는 것을 보았다. 그때 내 앞쪽에서 길이 굽어져 있는 게 시야에 들어왔다. 그제야 나는 이 고장을 잘 알고 있는 페레가 우리를 따라잡으려고 지름길로 접어든 것임을 알아차렸다. 굽어진 길목에서 그는 우리와 합류했다. 그러고는 곧 어디론가 사라졌다. 그는 다시 들판을 가로질렀고, 그러기를 여러 차례 되풀이했다. 나는 관자놀이에서 피가 뛰는 것을 느꼈다.

그 후로는 모든 게 너무도 신속하고 확실하고 또 자연스럽게 진행되어서 기억에 남아 있는 게 아무것도 없다. 다만 한 가지 기억나는 것은 마을 어귀에서 담당 간호사가 내게 말을 걸었다는 사실이다. 그녀의 목소리는 얼굴과는 어울리지 않게 특이했는데, 감미롭고 울림이 깊었다. 그녀가 말했다. "천천히 가면 더위를 먹을 우려가 있어요. 하지만 너무 빨리 가면 땀이 나서 성당 안에 들어갔을 때 오한이 나지요." 그녀 말이 옳았다. 빠져나갈 길이 없었다. 그 밖에 그날의 몇 가지 광경이 기억에 남아 있다. 이를테면 페레가 마을 근처에서 마지막으로 우리를 따라잡았을 때 보았던 그의 얼굴이 잊히지 않는다. 신경이 곤두서고 지친 나머지 굵은 눈물이 뺨 위로 줄줄 흐르고 있었다.

그러나 주름살들로 인해 눈물은 제대로 흘러내리지 못했다. 눈물이 옆으로 퍼지다가 다시 한데 모이면서 일그러진 얼굴을 온통 물에 젖어 번들거리게 했다. 또 다른 것들도 기억난다. 성당과 보도 위에 서 있던 마을 사람들, 공동묘지의 무덤들 위에 피어 있던 붉은 제라늄들, 페레의 기절(마치 꼭두각시가 부서져 허물어지는 듯했다), 엄마의 관 위에 떨어져 구르던 피처럼 붉은 흙, 그 속에 섞여 있던 나무뿌리의 하얀 살, 다시 사람들, 그들의 목소리, 마을, 한 카페 앞에서의 기다림, 쉬지 않고 부르릉거리던 엔진 소리, 그리고 버스가 알제의 불빛 둥지 속으로 돌아왔을 때, 그리하여 이제 곧 잠자리에 들어 열두 시간 동안 잠을 자리라고 생각했을 때 느꼈던 기쁨.

2

잠에서 깨어났을 때, 나는 이틀간의 휴가를 신청했을 때 왜 사장이 못마땅한 기색을 보였는지 깨달았다. 오늘은 토요일이다. 그 사실을 잊고 있었던 셈인데, 자리에서 일어나면서 문득 생각이 난 것이다. 너무나 당연하게도, 사장은 내가 일요일까지 포함해서 나흘간의 휴가를 얻게 될 거라고 생각했고, 그로 인해 기분이 좋을 리 없었다. 하지만 한편으로 생각해보면 엄마의 장례식을 오늘이 아니라 어제 치른 것은 내 탓이 아니었고, 다른 한편으로는 어쨌거나 나는 토요일과 일요일을 쉬게 되었을 것이다. 물론 그렇다고 해서 사장의 심정을 이해 못할 바도 아니다.

　어제 하루 몹시 피곤했기 때문에 일어나기가 힘들었다. 면도를 하면서 오늘 무엇을 할까 생각하다가 수영을 하러 가기로 마음을 정했다. 나는 전차를 타고서 포구에 있는 해수욕장으로 갔다. 도착하자마자 나는 수로의 물속으로 뛰어들었다. 젊은이들이 많이 있었다. 물속에서 마리 카르도나를 만났는데, 전에 같은 사무실에서 일하던 타이피스트였다. 당시에 나는 그녀에게 마음이 있었고, 그녀 역시 그런 것 같았다. 그러나 얼마 후 그녀가 회사를 그만두는 바람에 우리는 만날 시간을 가지지 못했다. 나는 그녀가 부표 위로 오르는 것을 도와주었는데, 그러던 중에 그녀의 젖가슴을 살짝 스쳤다. 나는 아직 물속에 있는데 그녀는 벌써 부표 위에서 배를 깔고 엎드려 있었다. 그녀가 내 쪽으로 돌아누웠다. 그녀는 머리카락 몇 올을 눈 위로 드리운 채 웃고 있었다. 나는 부표 위로 올라가서 그녀 곁에 누웠다. 기분이 좋았고, 나는 장난을 치듯 머리를 뒤로 젖혀서 그녀의 배를 베고 누웠다. 그녀가 아무 말도 하지 않아서 나는 그대로 있었다. 온 하늘이 나의 눈 속으로 들어왔고, 온통 푸른빛과 금빛이었다. 목덜미 아래로 나는 마리의 배가 부드럽게 오르내리는 것을 느꼈다. 우리는 반쯤 잠든 채로 오랫동안 부표 위에 누워 있었다. 햇살이 너무 뜨거워지자 마리가 물속으로 뛰어들었고 나도 따라 뛰어들었다. 나는 그녀를 따라잡았고, 한 손으로 그녀의 허리를 감고서 함께 헤엄을 쳤다. 마리는 줄곧 웃고 있었다. 방파제 위로 올라가서 몸을 말리던 중에 그녀가 내게 말했다. "당신보다 내가 더 탔네요." 나는 저녁에 영화 보러 가지 않겠냐고 그녀에게 물었다. 그녀는 다시 웃더니 페르낭델*

이 나오는 영화를 보고 싶다고 말했다. 옷을 다 입었을 때, 마리는 내가 검은 넥타이를 매고 있는 것을 보고 깜짝 놀라 내게 상을 당했냐고 물었다. 나는 엄마가 죽었다고 말했다. 그녀가 언제부터 상중인지 묻기에, 나는 "어제부터"라고 대답했다. 그녀는 약간 멈칫했지만, 더 이상 따지려 들지 않았다. 나는 그건 내 탓이 아니라고 말하고 싶었으나, 이미 그 말을 사장에게 했다는 생각이 나서 그만두었다. 하기야 아무 의미도 없는 일이었다. 어차피 누구나 조금은 잘못이 있게 마련이니까.

저녁이 되자 마리는 모든 것을 잊어버렸다. 영화는 간간이 웃기기도 했지만 정말 엉망이었다. 마리는 다리를 내 다리에 붙이고 있었다. 나는 그녀의 젖가슴을 어루만졌다. 영화가 끝날 무렵 키스를 했는데, 어설프게 그치고 말았다. 극장을 나와서 그녀는 내 집으로 왔다.

잠에서 깼을 때, 마리는 가버리고 없었다. 어젯밤에 그녀는 오늘 숙모 댁에 가야 한다고 내게 말했다. 일요일이라는 생각이 들자 따분한 기분이 들었다. 나는 일요일이 싫다. 그래서 다시 침대로 돌아가서, 마리의 머리카락이 베개에 남겨 놓은 소금 냄새를 더듬다가 열 시까지 잠을 잤다. 그러고는 여전히 침대에 누운 채 정오까지 담배를 피웠다. 여느 때처럼 셀레스트

---

*페르낭델 조세프 데지레 콩스탕딘(1903~1971). 희극영화의 거장 마르셀 파뇰의 작품들을 비롯하여 100여 편의 영화에 출현한 프랑스의 대표 희극배우이다.

네 식당에 가서 점심을 먹고 싶지는 않았는데, 왜냐하면 분명 사람들이 내게 이런저런 질문들을 할 테고 나는 그게 싫기 때문이었다. 나는 달걀 몇 개를 부쳐서 빵도 없이 접시째로 먹었다. 빵이 떨어졌지만 사러 내려가기가 싫어서였다.

점심을 먹고 나자 조금 무료해져서 집 안을 서성거렸다. 엄마가 있었을 때는 함께 지내기에 적당한 공간이었다. 그러나 이제는 너무 커서 주방의 식탁을 내 방에 옮겨 놓아야 했다. 지금 나는 이 방 안에서만 살고 있고, 가운데가 약간 내려앉은 짚을 넣은 의자들과 누렇게 변색된 거울이 달린 옷장, 화장대, 그리고 구리 침대가 방을 채우고 있다. 나머지는 그냥 버려두었다. 얼마 후, 나는 뭐라도 해야겠다는 생각에 오래된 신문을 들고 읽었다. 거기에서 크뤼셴 소금 광고를 오려내어, 신문에 실린 재미있는 기사를 모아두는 낡은 공책에다 풀로 붙였다. 그러고는 손을 씻고 나서 발코니로 나갔다.

내 방은 교외 지역을 지나는 간선도로에 면해 있다. 오후 날씨는 쾌청했다. 그러나 포석이 깔린 보도는 미끌미끌했고, 사람들은 드문드문 여전히 바쁜 걸음으로 걸어가고 있었다. 산책 나온 가족이 내 눈길을 끌었는데, 수병 복장을 한 두 남자 아이는 반바지가 무릎 아래까지 내려오는 데다가 옷의 천이 뻣뻣해서 거동이 부자연스러워 보였고, 어린 여자 아이는 커다란 분홍색 리본을 달고 반질거리는 검은색 구두를 신고 있었다. 그들 뒤로 밤색 실크 원피스를 입은 몹시 뚱뚱한 어머니와, 몇 번

본 적이 있는 키가 작고 몸이 가냘픈 아버지가 따라가고 있었
다. 그는 둥글고 납작한 밀짚모자에 나비넥타이를 매고 손에는
지팡이를 들고 있었다. 아내와 함께 걷고 있는 그의 모습을 보
고 있자니, 왜 동네 사람들이 그가 무척 반듯한 사람이라고 하
는지 이해가 갔다. 시간이 조금 더 지나자 변두리 지역의 청년
들이 지나갔는데, 머리에 기름을 바르고, 붉은 넥타이에 허리
가 잘록한 상의를 입고, 윗주머니에 장식 손수건을 꽂고, 코가
네모난 구두를 신고 있었다. 나는 그들이 시내로 영화를 보러
가는 길이라고 생각했다. 그들이 이처럼 이른 시간에 길을 나
서서 큰 소리로 웃어대며 전차를 타려고 서두르는 것도 그래서
였다.

그들이 지나간 후로, 거리는 점차 한산해져갔다. 짐작컨대
여기저기에서 구경거리들이 시작된 것이었다. 이제 거리에는
상점 주인들과 고양이들밖에 없었다. 하늘은 맑았지만, 무화과
나무들 위로 빛이 스러지고 있었다. 맞은편 보도 위에서는 담
배 가게 주인이 의자를 들고 나와 문 앞에 놓고서, 등받이 위
에 두 팔을 걸치고 걸터앉았다. 조금 전만 해도 만원이던 전차
들은 이제 거의 비어 있었다. 담배 가게 옆의 조그만 카페 〈피
에로〉에서는 종업원 소년이 텅 빈 실내에서 쓰레기를 쓸어내고
있었다. 일요일다운 풍경이었다.

나는 의자를 돌려서 담배 가게 주인처럼 놓고 앉았는데, 그
편이 더 편하게 여겨졌기 때문이었다. 나는 담배를 두 대 피웠

고, 방 안으로 들어가 초콜릿 한 조각을 가지고 다시 베란다로 나와서 먹었다. 잠시 후 하늘이 어두컴컴해졌고, 나는 곧 여름 소나기가 쏟아지려나 보다고 생각했다. 그러나 하늘은 점차 밝아졌다. 그래도 구름이 밀려와 빗줄기를 예감하게 하면서 거리를 한층 어둡게 만들었다. 나는 가만히 앉아서 오랫동안 하늘을 올려다보았다.

다섯 시가 되자 전차들이 요란한 소리를 내며 도착했다. 전차들은 도시 바깥의 경기장으로부터 발판이며 난간에까지 관중들을 가득 싣고 돌아왔다. 그 다음 전차들은 운동선수들을 싣고 왔는데, 각기 작은 가방을 들고 있는 것을 보고서 알아보았다. 그들은 자기네 팀은 결코 패하지 않을 것이라고 목이 터져라 외치면서 노래를 불러댔다. 선수들 중 여럿이 내게 손짓을 했다. 그중 하나는 내게 "우리가 이겼어"라고 소리치기까지 했다. 나는 머리를 끄덕이며 "그래"라고 응수했다. 바로 그때부터 자동차들이 몰려들기 시작했다.

해가 조금 더 기울었다. 지붕들 위로 하늘이 불그스름해졌고, 저녁이 되면서 거리는 활기를 띠었다. 산책 나갔던 사람들이 하나둘 돌아오고 있었다. 나는 사람들 사이에서 그 반듯한 남자를 발견했다. 아이들은 칭얼거리거나 질질 끌려오고 있었다. 곧바로 동네 극장들이 관객들을 한꺼번에 거리로 쏟아냈다. 그들 중 젊은 사내들이 여느 때보다 더 힘이 잔뜩 들어 있는 인상을 풍기는 것을 보고서, 나는 그들이 모험 영화를 본 거라고 생각했다. 시내에 있는 극장에서 돌아오는 사람들은 조금 더 늦게 도착했다. 그들은 표정이 더 심각했다. 여전히 웃고는 있었지만, 자주 웃음이 사라지면서 피로하고 꿈을 꾸는 듯한 모습을 보였다. 그들은 거리에 남아서 맞은쪽 보도 위를 오르락내리락했다. 머리에 아무것도 쓰지 않은 동네 처녀들이 서로 팔을 낀 채 지나갔다. 청년들이 모여들어 일부러 앞을 가로막으며 농담을 던졌고, 처녀들은 고개를 돌리며 웃었다. 그 여자들 중 내가 아는 몇몇이 내게 손짓을 했다.

그때 갑자기 거리의 가로등들이 켜지면서 어두운 하늘에 떠오른 초저녁 별들의 빛을 흐릿하게 했다. 그처럼 사람들과 불빛으로 가득한 보도를 바라보느라 나는 눈이 피로해지는 것을 느꼈다. 가로등 불빛이 축축한 포장도로 위에서 번들거렸고, 일정한 간격으로 오가는 전차들은 반짝이는 머리카락이나, 미소 띤 얼굴, 혹은 은팔찌 위에 빛 그림자를 드리우곤 했다. 얼마 후 전차들이 뜸해지고, 나무들과 가로등들 위로 벌써 어두운 밤이 내리면서, 동네는 어느 틈엔가 한산해졌고, 이윽고 첫 밤고양이가 나타나 다시 텅 비어버린 거리를 느릿느릿 가로질렀다. 그제야 나는 저녁을 먹어야겠다고 생각했다. 오랫동안 의자 등받이에 턱을 괴고 있었던 탓에 목이 약간 아팠다. 나는 내려가서 빵과 국수를 사 와서 요리를 해가지고 선 채로 먹었다. 베란다에서 담배를 한 대 피우고 싶었지만, 공기가 서늘해서 조금 추웠다. 나는 창문을 닫았고, 방 안으로 돌아오다가 거울 속으로 식탁 한쪽 끝의 알코올 램프와 빵 조각들이 나란히 비치는 것을 보았다. 나는 또 한 번의 일요일이 지나갔고, 이제 엄마의 장례는 치러졌고, 그러니 내일은 일을 다시 시작해야 할 테고, 그러고 보면 달라진 건 아무것도 없다고 생각했다.

3

오늘 나는 사무실에서 일을 많이 했다. 사장은 붙임성 있게 나를 대했다. 내게 너무 피곤하지 않으냐고 물었고, 또 엄마의 나이도 알고 싶어 했다. 나는 틀리게 대답하지 않으려고 "한 육십 되셨습니다"라고 말했고, 그러자 왠지는 몰라도 그는 이제 마음의 불안을 덜게 되었으니 일이 마무리되었다는 듯한 표정을 지었다.

내 책상 위에는 선하증권이 한 무더기 쌓여 있었는데, 하나하나 자세히 검토해보아야 했다. 점심을 먹으러 사무실을 나서기 전에 나는 손을 씻었다. 정오의 이 무렵을 나는 정말 좋아한다. 저녁에는 두루마리 수건이 하루 종일 사용한 탓에 축축하게 젖어 있어서, 손을 닦는 게 그리 즐겁지 않다. 언젠가 나는 사장에게 그 점을 지적한 적이 있었다. 그가 대답하기를, 자기도 유감스럽게 생각하지만, 그래도 그런 건 대수롭지 않은 사소한 문제라고 했다. 나는 조금 늦게 열두 시 반에 발송부에 근무하는 에마뉘엘과 함께 밖으로 나왔다. 사무실이 바다 쪽을 향하고 있어서, 우리는 태양이 이글거리는 항구의 화물선들을 한동안 멍하니 바라보았다. 그때 트럭 한 대가 쇠사슬이 철렁거리는 소리와 함께 엔진에서 배기가스가 터져 나오는 요란한 소리를 내며 달려왔다. 에마뉘엘이 "저거 잡아탈까?"라고 내게 물었고, 나는 달리기 시작했다. 트럭이 우리 앞을 지나쳤고, 우리는 그 뒤를 쫓아 내달렸다. 나는 소음과 먼지에 파묻혔다. 내 눈에는 아무것도 보이지 않았고, 다만 기중기와 기계들, 수평선 위에서 춤추고 있는 돛대, 그리고 우리와 나란히 줄지어 있는 선박들, 그 한가운데에서 마구 달리고 있는 육체의 약동을 느낄 뿐이었다. 내가 먼저 트럭을 잡고서 뛰어올랐다. 그러고는 에마뉘엘이 올라타는 것을 도와주었다. 우리는 숨이 턱에 찼고, 트럭은 먼지와 햇살을 뒤집어 쓴 채 부두의 울퉁불퉁한 포도 위를 덜컹거리며 달렸다. 에마뉘엘은 숨이 넘어가도록 웃어댔다.

우리는 땀에 흠뻑 젖은 몸으로 셀레스트네 식당에 도착했다. 흰 콧수염을 기른 셀레스트가 평소처럼 불룩 나온 배에 앞치마를 두른 모습으로 우리를 맞았다. 그는 "별 탈 없는 거지?"라고 내게 물었다. 나는 그렇다고 하고서 배가 고프다고 말했다. 나는 얼른 접시를 비운 뒤에 커피를 마셨다. 그러고는 집에 와서 잠시 낮잠을 잤는데, 포도주를 과하게 마신 탓이었다. 잠에서 깨자 담배를 피우고 싶었다. 시간이 너무 늦은 것을 알고서 전차를 타러 뛰어갔다. 오후에는 내내 일을 했다. 사무실 안은 몹시 더웠고, 저녁에 퇴근하여 부둣가를 천천히 걸어 집으로 향하는 동안 행복감이 느껴졌다. 하늘은 초록빛이었고 나는 기분이 뿌듯했다. 그래도 곧장 집으로 향했는데, 삶은 감자 요리를 해먹고 싶어서였다.

　어두운 계단을 오르다가, 나와 같은 층에서 이웃하여 사는 살라마노 영감과 마주쳤다. 그는 개를 데리고 있었다. 둘이 함께 다닌 지 8년째다. 스패니얼 종의 그 개는 피부병을 앓고 있는데, 내가 보기에 습진으로 여겨지는 그 병으로 인해 털이 거의 다 빠지고 온통 누런 반점과 딱지 투성이다. 그 개와 단둘이 좁은 방에서 살다 보니, 살라마노 영감은 결국 개의 모습을 닮아버렸다. 그는 얼굴에 불그스름한 딱지들이 나 있고, 머리카락은 누렇고 듬성듬성하다. 그런가 하면 개는 주인의 구부정한 자세를 닮아서 주둥이를 내밀고 목을 쭉 빼고 있다. 그들은 서로 같은 종족처럼 보이는데, 그러나 서로를 미워하고 있다. 하루에 두 번, 열한 시와 오후 여섯 시에 영감은 개를 데리고 나가 산책을 시킨다. 8년 전부터 산책 코스에는 변함이 없다. 리용 로를 따라 둘이 함께 걷는 게 보이곤 했는데, 개가 늙은이를 끌고 앞서 가다 보면 기어코 살라마노 영감은 발에 뭔가 걸려 비틀거린다. 그러면 그는 개를 때리면서 욕을 한다. 개는 겁에 질려 설설 기며 끌려간다. 이제는 영감이 개를 끌고 간다. 그러다가 개가 깜박 잊고서 다시 주인을 끌어당기고, 그러면 또 매를 맞고 욕을 먹는다. 그때는 둘 모두 보도 위에 멈춰 서서, 개는 공포에 떨고 사람은 증오심을 품고서 서로를 응시한다. 날마다 그런 식이다. 개가 오줌을 싸려고 하면 영감은 그럴 시간을 주지 않고 잡아당기고, 그 스패니얼 종의 개는 오줌 방울을 찔끔찔끔 흘리며 끌려간다. 어쩌다 개가 방 안에서 실례를 하기라도 하면 또 얻어맞는다. 그렇게 8년이 지났다. 셀레스트는 늘 "참 보기 딱하다"라고 말하지만, 실은 누구도 그렇게 간단히 말할 수는 없는 일이다. 내가 계단에서 살라마노와 마주쳤을 때, 그는 개에게 욕지거리를 퍼붓는 중이었다. 그가 "빌어먹을 것! 망할 것!" 하고 소리쳤고, 개는 낑낑거렸다. 내가 "안녕하세요?"라고 인사를 건넸지만, 영감은 계속해서 욕을 해댔다. 그래서 나는 개가 무슨 짓을 저질렀느냐고 물었다. 그는 대답하지 않았다. "빌어먹을 것! 망할 것!"이라는 말을 되풀이할 뿐이었다. 나는 그가 개 위로 몸을 굽혀 목줄을 조정하는 것을 보고 대충 짐작이 갔다. 나는 목소리를 높여 다시 물었다. 그러자 그는 뒤도 돌아보지 않고 치밀어 오르는 화를 간신히 내리누르며 대꾸했다. "항상 이 모양이라니까요." 그러고는 개를 잡아당기며 자리를 떴고, 개는 낑낑거리며 네 발로 버티면서 질질 끌려갔다.

바로 그때, 같은 층에 사는 또 다른 이웃이 들어왔다. 동네 사람들은 그가 여자들을 등쳐먹고 산다고들 한다. 그러나 직업이 뭐냐고 물으면, 그는 "창고 감독"이라고 대답한다. 사람들은 대부분 그를 그리 좋아하지 않는다. 하지만 그는 종종 내게 말을 걸어오고, 이따금 내 방에 들르곤 하는데, 내가 그의 말을 잘 들어주기 때문이다. 나는 그가 하는 말이 재미있다고 생각한다. 게다가 그와 말을 하지 않을 아무 이유가 없다. 그의 이름은 레이몽 생테스이다. 키는 꽤 작은 편이고 어깨는 딱 벌어졌는데 코는 영락없이 권투선수의 코다. 옷차림은 늘 말쑥하다. 그도 역시 살라마노 이야기가 나오면 "참 보기 딱하지요!"라고 말했다. 그가 내게 저 꼴이 역겹지 않느냐고 물었고, 나는 그렇지 않다고 대답했다.

우리는 계단을 올라갔고, 막 헤어지려 할 때 그가 내게 말했다. "우리 집에 부댕*과 포도주가 있는데, 같이 좀 드실 생각은 없는지……?" 나는 그러면 따로 식사 준비를 하지 않아도 되겠다는 생각이 들어 승낙했다. 레이몽 역시 방은 하나밖에 없었는데, 거기에 창문 없는 부엌이 딸려 있을 뿐이다. 침대 위에는 흰색과 장미색 석고로 만든 천사상이 놓여 있고, 벽에는 운동선수들 사진과 잡지에서 오려낸 여자 나체 사진 두세 장이 붙어 있다. 방은 더러웠고 침대는 어질러져 있었다. 그는 먼저 석유 램프를 켜고 나서, 주머니에서 꽤나 더러운 붕대를 꺼내어

---

*돼지의 피와 기름 따위로 만든 커다란 순대의 일종.

오른손에 감았다. 나는 어떻게 된 거냐고 물었다. 그는 어떤 녀석이 시비를 걸어서 한 판 붙었다고 대답했다.

그가 내게 말했다. "그건 말이지요, 뫼르소 씨, 내가 성격이 고약해서가 아니라 잘 참지 못하기 때문이랍니다. 그 녀석이 이러더군요. '네가 사나이라면 전차에서 내려라.' 그래서 내가 말했지요. '입 닥치고 꺼져버려.' 그러자 날더러 사나이가 아니라고 하더군요. 그래서 나는 전차에서 내려 말했지요. '그만해 두는 게 좋을 거야. 그렇지 않으면 본때를 보여줄 테니까.' 녀석이 대들었어요. '어쩌겠다는 거냐?' 결국 내가 한 대 갈겼지요. 그랬더니 나자빠지더라고요. 내 딴에는 녀석을 일으켜주려 했어요. 그런데 바닥에 쓰러진 채로 내게 발길질을 하는 겁니다. 그래서 무릎으로 한 대 먹이고 주먹 두 방으로 마무리를 했지요. 녀석의 얼굴은 피범벅이 되었어요. 내가 이제 됐냐고 물었죠. 그제야 녀석은 '그래'라고 하더군요."

말을 하는 동안 내내 생테스는 붕대를 만지고 있었다. 나는 침대 위에 앉아 있었다. 그가 내게 말했다. "그러니까 내가 싸움을 건 게 아니라는 겁니다. 그 녀석이 내게 함부로 굴었던 거지요." 그 말은 사실이었고, 나는 그의 말이 맞다고 말했다. 그러자 그는 그렇지 않아도 그 일에 관해 내게 조언을 구하려 한다면서, 나는 사나이고 세상 물정을 잘 알아서 자기를 도와줄 수 있을 것이고, 그래준다면 자기는 나의 친구가 될 거라고 말했다. 내가 아무 말도 하지 않자, 그는 내게 자기와 친구가 되고 싶으냐고 다시 물었다. 나는 그래도 별 문제가 없다고 대답했고, 그는 흡족해하는 표정이었다. 그는 부댕을 꺼내어 팬으로 익히고 나서, 술잔, 접시, 포크와 나이프, 그리고 포도주 두 병을 탁자에 올려놓았다. 그러는 동안 그는 줄곧 입을 다물고 있었다. 이윽고 우리는 자리를 잡고 앉았다. 식사를 하면서 그는 자기 이야기를 늘어놓기 시작했다. 처음에는 약간 망설였다. "한 여자를 알고 지냈는데……, 말하자면 내 정부였지요." 그가 싸움을 벌인 사내는 그녀의 오빠였다. 그는 자기가 그녀를 먹여 살렸다고 말했다. 내가 아무런 대꾸도 하지 않자, 그는 곧바로, 동네 사람들이 무슨 말을 하는지 알고 있지만, 자기는 양심에 거리낄 게 없으며, 창고 감독으로 살아가고 있다고 덧붙였다.

그가 말했다. "아까 하던 얘기를 마저 하자면, 내가 속고 있었다는 사실을 알게 된 거예요." 그는 그녀에게 빠듯하게 먹고 살 만큼만 대주고 있었다. 자신이 직접 여자의 방세를 치러주고, 식비로 하루에 20프랑을 주었다. "방세 3백 프랑, 식비 6백 프랑, 때때로 스타킹 한 켤레를 사주다 보면 천 프랑이 들었어요. 그런데도 이 마나님은 일을 하지 않았어요. 오히려 내게 한다는 소리가, 내가 주는 돈으로는 겨우 입에 풀칠이나 할 정도여서 살 수가 없다는 거예요. 그래서 내가 말했지요. '왜 반나절만이라도 일을 하지 않는 거야? 이 자질구레한 것들에 들어가는 내 부담을 훨씬 덜어줄 텐데. 이번 달에 옷을 한 벌 사줬고, 매일 20프랑을 준 데다가 방세도 내주는데, 넌 말이야, 날마다 친구들과 커피를 마시며 오후 시간을 보내잖아. 친구들에게 커피나 설탕을 대접하지. 하지만 그 돈을 내는 건 나라고. 나는 그동안 네게 잘 대해주었는데, 넌 영 보답이 형편없어.' 그런데도 그 여자는 일을 하지 않았고 먹고 살기 힘들다는 말만 늘어놓았는데, 그러다가 내가 속고 있었다는 사실을 알게 된 거예요."

그는 그 여자의 가방에서 복권 한 장을 발견했는데, 그녀는 그것을 어떻게 샀는지 설명하지 못하더라고 이야기했다. 얼마 후에는 그녀의 방에서 팔찌 두 개를 전당포에 저당 잡힌 것을 보증하는 '증거물'을 발견했다. 그때까지 그는 그 팔찌들이 있는 줄도 모르고 있었다. "그때 내가 속았다는 것을 확실히 알았어요. 그래서 그년을 차버렸지요. 하지만 그 전에 흠씬 두들겨 팼어요. 그러고는 그년의 속셈을 까발렸어요. 오로지 자기 그것을 가지고 재미 보는 거밖에 모르는 년이라고 말이지요. 이런 말도 해줬어요. '넌 내가 너한테 선사하는 행복을 온 세상 사람들이 부러워한다는 걸 모르고 있어. 언젠가는 네가 얼마나 행복했는지 알게 될 거야.' 내가 어떤 심정으로 그런 말을 했을지 이해하시겠지요, 뫼르소 씨?"

그는 피를 볼 때까지 그녀를 두들겨 팼다. 그 전에는 때린 적이 없었다. "몇 대 올려붙이기는 했지만, 부드럽게 손을 좀 봐주는 정도였지요. 그때마다 그 여자는 약간 소리를 질렀어요. 그러면 나는 덧창을 닫았고, 늘 그런 식으로 끝나곤 했지요. 그런데 이번에는 심각해요. 게다가 나로서는 그년을 충분히 혼내주지 못했다는 생각이 들거든요."

그는 그래서 내 조언이 필요하다고 털어놨다. 그는 말을 멈추고서 그을음이 나는 램프의 심지를 조절했다. 나는 그저 줄곧 그의 이야기를 듣고만 있었다. 포도주를 거의 1리터나 마셨기 때문에 관자놀이가 몹시 달아올랐다. 나는 담배가 떨어져서 레이몽의 담배를 피웠다. 마지막 전차들이 지나가면서, 변두리 지역의 소음을 멀리로 실어 가고 있었다. 레이몽은 이야기를 계속했다. 난감한 일은, '아직도 그 여자와의 그 짓을 하고 싶은 미련이 남아 있다는 것'이었다. 하지만 혼을 내주어야겠다고 했다. 처음에는 그녀를 호텔로 유인해 놓고, '풍기단속반'을 불러 한 바탕 소란을 피워서 그녀에게 딱지가 붙게 하려는 생각을 했다. 한 번은 평소 알고 지내던 건달들에게 이야기를 꺼내보기도 했다. 하지만 그들도 뾰족한 수가 없었다. 사실 레이몽의 말마따나 건달들이 그런 일쯤 처리하지 못해서야 말이 아니었다. 레이몽이 그 말을 하자, 그들은 그녀에게 '낙인을 찍어버리는' 게 어떠냐고 제안했다. 하지만 그것은 그가 원하는 바가 아니었다. 그는 좀 더 곰곰이 생각해볼 요량이었다. 그리고 행동을 취하기에 앞서 그에게는 내게 뭔가를 부탁하고 싶은 게 있었다. 그런데 부탁을 하기 전에 그는 자기가 한 이야기에 대해 내가 어떻게 생각하는지 알고 싶어 했다. 나는 특별히 드는 생각은 별로 없지만, 이야기를 재미있게 들었다고 대답했다. 그는 자기가 속았다고 생각하느냐고 내게 물었고, 나는 속임수가 있었던 같다고 말했다. 또 그는 내게 그녀를 혼내주어야 한다고 생각하는지, 그리고 내가 자기 입장이라면 어떻게 하겠냐고 물었고, 나는 사람 일이란 전혀 알 수 없는 것이고 그러나 그녀를 혼내주려는 마음은 이해한다고 대답했다. 나는 다시 포도주를 약간 마셨다. 그는 담배에 불을 붙이고 나서 자신의 생각을 밝혔다. 그는 '그녀를 차버리겠다는 뜻을 전하는 동시에 그녀로 하여금 후회할 만한 꺼리가 담긴' 편지를 그녀에게 쓸 계획이었다. 그런 후에 그녀가 돌아오면 잠자리를 같이 하다가 '끝나기 바로 직전의 순간에' 얼굴에 침을 뱉고서 밖으로 쫓아내겠다는 것이었다. 나는 그렇게 되면 그 여자는 제대로 벌을 받는 셈이 되겠다고 말했다. 그러나 레이몽은 자기에게는 그런 편지를 쓸 능력이 없어서 편지를 써줄 사람으로 나를 생각했다고 말했다. 내가 아무 말도 하지 않자, 그는 지금 당장 편지를 쓰는 게 곤란하냐고 물었고, 나는 그렇지 않다고 대답했다.

그러자 그는 포도주 잔을 비우고서 자리에서 일어났다. 그는 접시들과 먹다 남은 식은 부댕 조각을 옆으로 치웠다. 이어서 방수포 식탁보를 정성스레 닦았다. 그러고는 침대 맡 탁자의 서랍에서 격자무늬 종이 한 장과 노란 봉투 하나, 작은 붉은색 나무 펜대 하나, 그리고 네모난 보랏빛 잉크 병 하나를 꺼냈다. 그가 여자의 이름을 말했을 때, 나는 그녀가 아랍인이라는 것을 알았다. 나는 편지를 쓰기 시작했다. 조금은 생각나는 대로 쓰기는 했지만, 레이몽을 만족시키기 위해 애썼는데, 그를 만족시키지 않을 이유가 없었기 때문이었다. 그러고서 나는 큰 소리로 그 편지를 읽었다. 그는 담배를 입에 물고 머리를 끄덕거리며 듣고 나더니 다시 한 번 읽어달라고 했다. 그는 무척 흡족해 했다. 그가 말했다. "나는 네가 세상물정에 밝다는 걸 알고 있었지." 처음에 나는 그가 내게 반말을 쓰고 있다는 것을 알아차리지 못했다. 이어서 그가 "이젠 넌 진짜 내 친구야"라고 말했을 때 비로소 나는 그의 변한 말투에 놀랐다. 그는 한 번 더 그 말을 되풀이했고, 나는 "그래"라고 대꾸했다. 그의 친구가 되든 말든 내게는 상관없는 일이었는데, 그는 정말로 그러고 싶은 기색이었다. 그는 편지를 봉했고, 우리는 술병을 마저 비웠다. 그러고는 담배를 피우며 한동안 말없이 앉아 있었다. 바깥은 조용했고, 우리는 자동차 한 대가 포도 위를 미끄러지는 소리를 들었다. 내가 말했다. "늦었군." 레이몽도 같은 생각이었다. 그는 시간이 빨리 흐른다고 말했고, 어떤 의미에서 그건 맞는 말이었다. 나는 졸렸지만, 몸을 일으키기가 힘들었다. 아마도 내가 피곤한 기색을 보인 모양이었는데, 왜냐하면 레이몽이 낙심해서는 안 된다고 내게 말했기 때문이었다. 처음엔 무슨 뜻인지 이해하지 못했다. 하지만 그는 내게 엄마의 사망 소식을 들었다고 하면서, 그러나 그것은 어차피 조만간 닥칠 일이었다고 말을 건넸다. 나 역시 같은 생각이었다.

내가 자리에서 일어나자, 레이몽은 내 손을 꽉 쥐고서 사나이들끼리는 늘 통하는 법이라고 말했다. 나는 그의 방을 나와 문을 닫고서 잠시 층계참의 어둠 속에 서 있었다. 건물 안은 조용했고, 계단 통로 저 밑에서부터 음습한 바람이 올라오고 있었다. 귀에서 윙윙거리며 맥박이 뛰는 소리 외에는 아무 소리도 들리지 않았다. 나는 가만히 서 있었다. 살라마노 영감의 방에서 개가 낮게 끙끙거리는 소리가 들려왔다.

4

나는 한 주 내내 열심히 일했고, 오후에 레이몽이 찾아와서 편지를 보냈다고 말했다. 에마뉘엘과 함께 두 번 영화를 보러갔는데, 그는 극 중에서 무슨 일이 벌어지고 있는지 늘 이해하지 못한다. 그래서 설명을 해주어야 한다. 어제는 토요일어서 약속한 대로 마리가 찾아왔다. 나는 그녀에게 강한 욕망을 느꼈는데, 붉은색과 흰색 줄무늬가 있는 멋진 원피스에 가죽 샌들 차림이었던 탓이었다. 탄력 있는 젖가슴이 완연히 드러나 보였고, 햇볕에 그을린 얼굴은 꽃처럼 환했다. 우리는 버스를 타고, 알제에서 몇 킬로미터 떨어진 바닷가로 갔는데, 바위들에 둘러싸여 있고 육지 쪽으로는 갈대가 우거져 있는 곳이었다. 네 시의 태양은 그리 뜨겁지는 않았지만, 바닷물은 미지근했고 작은 물결이 길게 퍼지며 나른하게 넘실거리고 있었다. 마리가 놀이를 하나 가르쳐주었다. 헤엄을 치다가 파도의 물마루에서 입안 가득 거품을 물고는 수면 위에 드러누워 입안의 것을 공중으로 내뿜는 것이었다. 그러면 물거품으로 된 레이스가 공중으로 펼쳐지거나, 미지근한 빗물처럼 내 위로 다시 떨어졌다. 하지만 얼마 지나지 않아 입안이 소금기의 짠 맛 때문에 화끈거렸다. 그때 마리가 다가와 물속에서 내게 몸을 바싹 붙였다. 마리가 입술을 내 입술 위에 포갰다. 그녀의 혀가 나의 입술을 시원하게 해주었고, 우리는 한동안 파도 속에서 뒹굴었다.

해변에서 다시 옷을 입고 있을 때, 마리가 눈을 반짝이며 나를 바라보았다. 나는 그녀에게 키스를 했다. 그 순간부터 우리는 아무 말도 하지 않았다. 나는 그녀를 꼭 끌어안았고, 우리는 서둘러 버스를 타고 돌아와 내 집으로 와서 침대 위로 몸을 던졌다. 나는 창문을 열어두었고, 여름밤이 우리의 그을린 몸 위로 흘러내리는 듯한 느낌은 더할 나위 없이 상쾌했다.

오늘 아침에는 마리가 내 방에 머물러 있어서, 나는 점심을 같이 먹자고 했다. 나는 고기를 사러 내려갔다. 다시 올라오는데, 레이몽의 방에서 여자의 목소리가 들렸다. 얼마 후, 마리와 나는 살라마노 영감이 개를 야단치는 소리를 들었다. 나무 계단 위에서 신발 소리와 개 발톱 긁히는 소리가 나더니, 이윽고 "빌어먹을 것, 망할 것!" 하는 소리가 들린 후 그들은 거리로 나갔다. 내가 영감 이야기를 하자 마리는 깔깔대며 웃었다. 그녀는 내 잠옷을 걸치고 있었는데, 양 소매가 걷어 올려져 있었다. 그녀가 웃는 것을 보자 나는 다시 그녀를 안고 싶은 욕망을 느꼈다. 잠시 후, 그녀는 내게 자기를 사랑하느냐고 물었다. 나는, 그런 건 별로 중요하지 않지만, 아마도 아닌 것 같다고 대답했다. 그녀는 슬픈 표정을 지었다. 하지만 점심식사를 준비하는 동안 그녀가 아무것도 아닌 일에도 쾌활하게 웃어주어서 나는 그녀에게 키스를 했다. 바로 그때 레이몽의 방에서 다투는 소리가 터져 나왔다.

먼저 날카로운 여자 목소리가 울리더니, 곧 레이몽이 외치는 소리가 들려왔다. "네가 날 골탕 먹였어. 네가 날 골탕 먹였다고. 골탕 먹이는 게 뭔지 내가 제대로 가르쳐주지." 이어서 둔탁한 소리가 몇 번 울렸고, 여자가 비명을 질렀는데, 그 소리가 어찌나 처참한지 곧 층계참에 사람들이 가득 모여들었다. 마리와 나도 밖으로 나갔다. 여자는 계속해서 비명을 질렀고, 레이몽은 계속해서 때렸다. 마리가 내게 끔찍하다고 말했고, 나는 아무 대꾸도 하지 않았다. 그녀는 내게 경찰을 부르라고 했지만 나는 경찰을 싫어한다고 대답했다. 그런데 3층에 세 들어 사는 배관공과 함께 경찰 한 명이 나타났다. 그가 문을 두드리자, 더 이상 아무 소리도 들리지 않았다. 그는 더 세게 두드렸고, 잠시 후 여자 울음소리가 들리더니 레이몽이 문을 열었다. 그는 담배를 입에 문 채 짐짓 온순한 표정을 지어 보였다. 여자가 문 앞으로 달려 나와 레이몽이 자기를 때렸다고 경찰에게 소리쳤다. "이름이 뭐야?"라고 경찰이 물었고, 레이몽이 대답했다. "말할 때는 입에서 담배를 빼." 경찰이 말했다. 레이몽은 머뭇거리며 나를 바라보더니 담배 연기를 빨아들였다. 그 순간 경찰이 두툼하고 묵직한 손바닥으로 힘껏 그의 뺨을 갈겼다. 담배가 몇 미터 앞쪽에 떨어졌다. 레이몽은 안색이 변했지만, 당장에는 아무 말도 하지 않고 있다가, 이윽고 공손한 목소리로 담배꽁초를 주워도 되겠냐고 물었다. 경찰은 그러라고 하고서 덧붙였다. "그러나 다음번에는 경찰이 꼭두각시가 아니라는 걸 분명히 알게 해줄 거야." 그러는 동안 여자는 계속 울면서 같은 말을 되풀이했다. "저 사람이 날 때렸어요. 여자 등쳐먹는 놈이에요." 레이몽이 말했다. "경찰관님, 멀쩡한 남자한테 여자 등쳐먹는 놈이라도 말해도 된다고 법에 나와 있습니까?" 그러나 경찰은 그에게 "주둥이 닥치라고" 호통을 쳤다. 그러자 레이몽은 여자 쪽으로 돌아서서 말했다. "두고 봐, 앙큼한 것. 곧 다시 만나게 될 테니까." 경찰은 그에게 입 닥치라고 하고서, 여자는 가도 되지만, 레이몽은 집 안에서 경찰서에 소환될 때까지 기다리라고 말했다. 그러고는 레이몽에게 덧붙여 말하기를, 그렇게 몸이 부들부들 떨릴 정도로 취했으면 부끄러운 줄 알라고 했다. 그러자 레이몽이 해명했다. "경찰관님, 나는 취하지 않았어요. 그저 경찰관님 앞에 서 있자니 몸이 떨릴 뿐이지요. 나도 어쩔 수 없다고요." 그는 문을 닫았고, 사람들은 모두 자리를 떴다. 마리와 나는 점심식사 준비를 마쳤다. 그러나 그녀는 배가 고프지 않다고 해서 내가 거의 다 먹었다. 마리는 한 시에 떠났고, 나는 잠시 잠을 잤다.

　세 시쯤에 누군가가 문을 두드리더니, 레이몽이 들어왔다. 나는 누운 채로 그를 맞았다. 그는 내 침대 가장자리에 걸터앉았다. 그가 한동안 잠자코 있어서, 나는 일이 어떻게 된 거냐고 물었다. 그는 그녀에게 마음먹었던 대로 했는데, 그 쪽에서 먼저 뺨을 때리기에 자기도 때렸다고 이야기했다. 그 뒤의 상황은 내가 본 대로였다. 나는 내가 보기에 이제 그 여자는 혼이 난 것 같으니 흡족하겠다고 그에게 말했다. 그도 같은 생각이었다. 그는 경찰이 제아무리 뭐라고 해보았자 그 여자가 두들겨 맞았다는 사실에서는 달라질 게 없다고 잘라 말했다. 그는 경찰들을 잘 알아서 어떻게 다뤄야 하는지 꿰고 있다고 덧붙였다. 그러고는 경찰에게 따귀를 맞았을 때 자기가 응수하기를 기대했느냐고 내게 물었다. 나는 아무것도 기대하지 않았고, 게다가 경찰을 좋아하지 않는다고 대답했다. 레이몽은 매우 만족해하는 기색이었다. 그는 내게 자기와 함께 나가지 않겠냐고 물었다. 나는 일어나서 머리를 빗기 시작했다. 그는 내가 그의 증인이 되어주어야겠다고 말했다. 나는 아무래도 상관없었지만, 무슨 말을 해야 할지는 알지 못했다. 레이몽의 말로는 그 여자가 그를 골탕 먹였다는 사실만 밝히면 충분하다고 했다. 나는 증인이 되어주겠다고 승낙했다.

　우리는 밖으로 나갔고, 레이몽이 내게 코냑을 한 잔 샀다. 그러고서 당구를 치자고 했고, 아슬아슬하게 내가 졌다. 그는 사창가에 가자고 했지만, 나는 그런 곳을 좋아하지 않기 때문에 싫다고 했다. 그래서 우리는 천천히 걸어서 집으로 돌아왔는데, 그는 자기 계집을 혼내줄 수 있어서 기분이 아주 좋다고 말했다. 나는 그가 나를 친구로 대한다고 여겼고, 함께 좋은 시간을 가졌다고 생각했다.

그때 저 멀리 건물 현관 앞에서 살라마노 영감의 안절부절못하는 모습이 눈에 들어왔다. 우리가 가까이 다가갔을 때, 나는 그에게 개가 없다는 것을 알았다. 그는 사방을 두리번거리고, 뱅뱅 맴을 돌고, 어두컴컴한 복도 안쪽을 뚫어져라 들여다보고, 몇 마디 중얼거리고, 그러다가 다시 그 작고 충혈 된 눈으로 거리를 살피기 시작했다. 레이몽이 그에게 무슨 일이냐고 물어도 곧바로 대답하지 않았다. "빌어먹을 것, 망할 것!"이라고 중얼거리는 소리가 어렴풋이 들렸고, 그는 여전히 안절부절못하고 있었다. 나는 그에게 개가 어디에 있냐고 물었다. 그러자 대뜸 사라져버렸다고 대답했다. 그러더니 갑자기 장황하게 말을 늘어놓기 시작했다. "오늘도 여느 때처럼 연병장에 데리고 갔어요. 순회공연 막사 주변에 사람들이 많았어요. 나는 〈탈출의 왕〉 공연을 구경하려고 잠시 멈춰 섰어요. 그러고서 다시 걸음을 옮기려 하는데, 그놈이 없지 뭡니까. 정말이지 오래전부터 좀 더 작은 목줄을 사주려 했어요. 하지만 그 빌어먹을 것이 그렇게 사라지리라고는 전혀 생각하지 못했지요."

그러자 레이몽이 개는 길을 잃어버려도 돌아온다고 일러주었다. 그는 수십 킬로나 걸어서 주인을 찾아온 개들의 예를 들먹였다. 그럼에도 불구하고 영감은 더욱 흥분한 기색이었다. "하지만 사람들이 데려가버릴 거란 말입니다. 그래도 누군가가 거둬주기만 한다면 좋으련만. 그러나 그런 일은 없을 거예요. 딱지가 덕지덕지 붙어서 누구나 싫어하니까요. 경찰들이 잡아갈 겁니다. 틀림없어요." 나는 그에게 동물 보호소로 가보라고 한 뒤, 약간의 수수료를 내면 개를 돌려줄 거라고 말했다. 그는 수수료가 비싸냐고 내게 물었다. 나는 알지 못했다. 그때 그가 벌컥 화를 냈다. "그 빌어먹을 것 때문에 돈을 내야 한다니. 아, 차라리 죽어버리라지!" 그러고는 개에게 욕설을 퍼붓기 시작했다. 레이몽은 껄껄 웃고 나서 건물 안으로 들어갔다. 나도 그의 뒤를 따랐고 우리는 2층 층계참에서 헤어졌다. 잠시 후 영감의 발소리가 들리더니 그가 내 방문을 두드렸다. 내가 문을 열자 한동안 문간에 서 있다가 내게 말했다. "미안합니다, 미안해요." 나는 안으로 들어오라고 했으나, 그는 그러려 하지 않았다. 그는 발끝을 내려다보면서 딱지투성이인 두 손을 덜덜 떨고 있었다. 그가 나와 얼굴을 마주 하지도 않은 채 물었다. "사람들이 나한테서 그놈을 빼앗아가지는 않겠지요, 그렇지요, 뫼르소 씨? 내게 돌려주겠지요? 그렇지 않으면 나는 어떻게 되겠어요?" 나는 동물 보호소에서는 주인이 찾아가도록 사흘 동안 개를 데리고 있고, 그 후에는 경우에 따라 적절히 처리한다고 말했다. 그는 말없이 나를 바라보았다. 그러더니 "안녕히 계세요"라고 말했다. 그는 자기 집으로 들어가서 문을 닫았고, 나는 그가 방 안에서 왔다 갔다 하는 소리를 들었다. 그의 침대가 삐걱거렸다. 그리고 벽 너머로 들리는 낮고 이상한 소리를 들으며 나는 그가 울고 있다는 것을 알았다. 그때 왜 엄마 생각이 났는지 나는 모르겠다. 하지만 다음 날 일찍 일어나야 했다. 나는 배가 고프지 않아서 저녁식사를 거른 채 잠자리에 들었다.

5

레이몽이 내게 사무실로 전화를 했다. 그의 친구들 중 하나가 (레이몽은 그 친구에게 나에 대해 이야기를 했다) 알제 근처에 있는 작은 별장에서 일요일 한나절을 보내자고 나를 초대했다는 것이다. 나는 그러고 싶지만, 그날 여자 친구와 만날 약속이 있다고 대답했다. 그러자 레이몽은 곧바로 여자 친구도 초대한다고 말했다. 친구의 아내도 남자들 틈에 혼자 있지 않아도 되니 무척 좋아할 거라고 했다.

나는 얼른 전화를 끊으려 했는데, 왜냐하면 시내에서 우리에게 전화가 걸려오는 것을 사장이 좋아하지 않는다는 걸 알기 때문이었다. 그러나 레이몽은 잠시만 기다려 달라고 하더니, 친구의 초대에 대해서는 저녁에 전할 수도 있었겠지만, 사실은 다른 사실을 알려주고 싶다고 내게 말했다. 하루 종일 아랍인

들 몇몇이 자기를 따라다녔는데, 그중에 헤어진 정부의 오빠가
끼어 있었다는 것이었다. "오늘 저녁에 퇴근하다가 집 근처에
서 그 녀석을 보거든 내게 알려줘." 나는 알았다고 말했다.

　잠시 후 사장이 나를 불렀는데, 그 순간 나는 사장이 전화를
삼가고 더 열심히 일하라고 말하려니 생각하고서 기분이 언짢
았다. 그런데 전혀 그런 게 아니었다. 그는 아직 막연한 어떤
계획에 대해 내게 이야기하려 한다고 말했다. 일단 그는 그 일
에 대한 나의 의견을 듣고 싶어 했다. 파리에 사무실을 열어 현
지에서 직접 큰 회사들과 업무를 처리하려 계획을 세우고 있
는데, 내가 그리로 갈 의향이 있는지 알고 싶다고 했다. 그렇
게 되면 나는 파리에서 살 수 있을 것이고, 또 일 년에 얼마 동
안은 여행을 할 수도 있으리라는 것이었다. "자네는 젊으니까,
그런 생활이 마음에 들 것 같은데." 나는 그렇기는 하지만 사
실상 내게는 별 다를 게 없다고 말했다. 그러자 그는 삶의 변화
에 관심이 없냐고 물었다. 나는 사람이란 결코 삶을 바꾸지 못
하고, 따지고 보면 모든 삶은 다 마찬가지며, 이곳에서의 내 삶
이 조금도 싫지 않다고 대답했다. 그는 못마땅한 기색으로 내
가 늘 삐딱한 대답을 하고 야심이 없다면서 그건 사업을 하는
데 아주 치명적이라고 말했다. 그러고서 나는 내 자리로 돌아
와서 일을 시작했다. 사장의 비위를 거스르지 않는 게 더 좋았
겠지만, 그렇다고 나의 삶을 바꿔야 할 이유는 없었다. 곰곰이
생각해보아도 나는 불행하지 않았다. 학창 시절에는 그런 저런

야심이 많았다. 그러나 학업을 포기해야 했을 때, 나는 곧 그런 모든 것들이 부질없다는 것을 깨달았다.

저녁에 마리가 찾아왔고, 자기와 결혼하고 싶으냐고 내게 물었다. 나는 그건 아무래도 상관없고, 마리가 원한다면 우리는 그렇게 할 수 있을 것이라고 말했다. 그러자 그녀는 내가 자기를 사랑하는지 알고 싶다고 했다. 나는 전에 이미 한 번 말했듯이, 그건 아무 의미도 없지만, 아마도 사랑하지는 않는 것 같다고 대답했다. 그녀가 물었다. "그럼 왜 나와 결혼하려 해?" 나는 그건 전혀 중요한 문제가 아니고, 그녀가 원하면 우리는 결혼할 수 있다고 설명했다. 사실, 결혼을 원한 것은 그녀였고, 나는 그저 좋다고 승낙을 했을 뿐이었다. 그러자 그녀는 결혼은 중대한 사안이라고 꼬집어 말했다. 나는 "아니야"라고 대꾸했다. 그녀는 잠시 입을 다물고서 말없이 나를 바라보았다. 그러다가 그녀가 말했다. 다른 건 몰라도 내가 자기와 비슷한 관계를 가진 다른 여자로부터 같은 제안을 받아도 승낙할 것인지 알고 싶다는 것이었다. 나는 "당연하지"라고 대답했다. 그러자 그녀는 자기가 나를 사랑하는지 생각해봐야겠다고 말했고, 그 점에 대해 나는 아무것도 알지 못했다. 다시 한동안 침묵이 흐른 후에, 그녀는 내가 이상한 사람이고, 아마도 그래서 나를 사랑하지만, 언젠가 같은 이유로 내가 싫어질 것이라고 중얼거리듯이 말했다. 내가 덧붙일 말이 없어 입을 다물고 있자, 그녀는 웃으며 내 팔을 잡고서, 나와 결혼하고 싶다고 말했다. 나는 언

제든 그녀가 원하기만 하면 우리는 결혼하게 될 거라고 대답
했다. 그러고는 사장의 제안에 대해 이야기했는데, 마리는 파
리에 가보고 싶다고 내게 말했다. 내가 한때 파리에서 산 적이
있다고 일러주자, 그녀는 어떤 곳이냐고 물었다. 내가 말했다.
"더러워. 비둘기들 천지고, 마당들은 하나같이 어두컴컴해. 사
람들은 모두 피부가 하얗지."

　우리는 대로를 따라 시내를 거닐었다. 여자들이 하나같이
아름다워 보였고, 나는 마리에게 그렇지 않냐고 물었다. 마리
는 그렇다고 하면서 내 말을 이해한다고 말했다. 한동안 우리
는 아무 말도 하지 않았다. 그래도 나는 그녀가 나와 함께 있어
주길 원했던 터라, 셀레스트네 식당에서 저녁을 같이 먹자고
그녀에게 말했다. 그녀는 그러고 싶지만 볼일이 있다고 했다.
우리는 나의 집 근처에 이르렀고, 나는 그녀에게 잘 가라고 인
사했다. 그녀가 나를 바라보며 물었다. "내가 무슨 볼일이 있는
지 알고 싶지 않아?" 내가 알고 싶긴 했지만 물어볼 생각을 미
처 못 했다고 하자, 그녀는 나를 나무라는 표정을 지었다. 그러
더니 내가 멋쩍어 하는 기색을 보고서 다시 웃었고, 온몸을 내
쪽으로 기울이며 입술을 내밀었다.

　나는 셀레스트네 식당에서 저녁식사를 했다. 내가 막 먹기
시작했을 때 어딘가 이상해 보이는 한 작은 여자가 들어와서
내 탁자에 앉아도 되겠냐고 물었다. 물론 앉아도 된다고 했다.
그녀는 몸짓이 신경질적으로 짧게 끊어지는 듯한 인상을 주었

고, 사과 모양의 작은 얼굴에서는 두 눈이 반짝이고 있었다. 그녀는 재킷을 벗고 자리에 앉아서 열심히 메뉴판을 살펴보았다. 그러고는 셀레스트를 불러, 곧바로 다급하면서도 또박또박한 목소리로 자기가 먹을 요리를 한꺼번에 주문했다. 그녀는 전식이 나오기를 기다리는 동안, 가방을 열어서 작고 네모난 종이와 연필을 꺼내더니 미리 계산을 해보고는 지갑에서 팁까지 얹은 정확한 금액을 꺼내어 자기 앞에 내려놓았다. 그때 전식이 나왔고, 그녀는 금방 접시를 비웠다. 다음 요리를 기다리면서 이번에는 가방에서 파란색 연필과 라디오 주간편성표가 실려 있는 잡지를 꺼냈다. 그러고는 아주 꼼꼼하게 모든 방송 프로그램 하나하나에 표시를 했다. 잡지가 십여 쪽이나 되어서 그녀는 식사를 하는 동안 내내 세심하게 그 일을 계속했다. 내가 식사를 마쳤을 때에도 그녀는 여전히 표시하는 데 열중하고 있었다. 그리고 나서 자리에서 일어나, 아까처럼 로봇처럼 정확한 동작으로 상의를 걸치고 밖으로 나갔다. 딱히 할 일도 없고 해서 나도 식당을 나와 한동안 그녀의 뒤를 따라갔다. 그녀는 인도 가장자리를 따라, 믿기지 않을 만큼 빠르고 정확하게, 한눈을 팔거나 뒤를 돌아보지도 않고서 제 갈 길을 걸어갔다. 결국 나는 그녀를 시야에서 놓쳐버리고서 발길을 돌렸다. 이상한 여자라는 생각이 들었지만 금방 잊어버렸다.

내 방 문간에서 나는 살라마노 영감과 마주쳤다. 나는 그를 안으로 들어오게 했고, 그는 개가 동물 보호소에도 없는 걸 보니 영 잃어버린 모양이라고 말했다. 보호소 직원들의 말에 따르면 아마 개가 차에 치였을 것이라고 했다. 그래서 그는 경찰서에 가면 그런 사실을 확인할 수 있느냐고 물어보았다. 그러자 그런 일은 날마다 일어나기 때문에 기록이 남지 않는다는 대답이 돌아왔다. 나는 살라마노 영감에게 다른 개를 기르면 되지 않느냐고 말했지만, 영감은 자기가 그 개에게 익숙해져 있어서 그러기가 어렵다고 했는데, 일리가 있는 말이었다.

나는 침대 위에 웅크리고 앉았고, 살라마노는 식탁 앞에 있는 의자에 앉았다. 그는 나를 마주 보며 두 손을 양 무릎 위에 올려놓고 있었다. 머리에는 낡은 중절모를 쓰고 있었다. 그가 누런 수염 밑으로 몇 마디 말을 입안에서 웅얼거렸다. 나는 그가 약간 귀찮았지만, 달리 할 일도 없었고 졸리지도 않았다. 아무 말이라도 할 참으로, 나는 그에게 그의 개에 대해 물어보았다. 그는 그 개를 기른 게 아내가 죽은 후부터라고 말했다. 그는 꽤 늦게 결혼했다. 젊은 시절에는 연극을 하려 했다. 군대에 있을 때에는 병영극단에서 무대에 오르기도 했다. 그러나 결국 철도청에 입사하게 되었고, 그렇다고 후회하는 마음이 들지는 않는데, 왜냐하면 지금 약간의 연금을 받고 있기 때문이었다. 아내와는 그리 행복하게 지내지 못했지만, 전반적인 면에서 그녀에게 익숙해져 있었던 셈이었다. 그녀가 죽자 그는 몹시 외로움을 느꼈다. 그래서 직장 동료에게 개를 한 마리 부탁했고, 그 개를 아주 어렸을 때 얻게 되었다. 우유병을 물려 키워야 했다. 하지만 개는 사람보다 수명이 짧기 때문에, 그들은 함께 늙어갔다. 살라마노가 말했다. "그놈은 성미가 고약했어요. 이따금 서로 티격태격했지요. 하지만 그래도 괜찮은 놈이었어요." 내가 혈통도 좋았다고 하자, 살라마노는 흐뭇해하는 기색이었다. 그가 덧붙여 말했다. "그리고 말이죠, 그놈이 아프기 전의 모습을 본 적이 없으세요. 털이 얼마나 멋졌다고요." 개가 피부병에 걸린 이후로 살라마노는 매일 아침저녁으로 연고를 발라주었다. 하지만 그의 말에 따르면 진짜 병은 늙은 것이었고, 늙은 것에는 약이 없다는 것이었다.

그때 나는 하품이 나왔고, 영감은 그만 가보겠노라고 말했다. 나는 더 있어도 괜찮다고 하고서, 개에게 그런 일이 생겨서 유감이라고 말했다. 그는 고맙다고 했다. 그는 엄마가 그 개를 무척 좋아했다고 말했다. 엄마 이야기를 하면서, 그는 엄마를 "가엾은 자당님"이라고 불렀다. 그는 엄마가 죽은 후로 내가 얼마나 상심했겠냐고 말했고, 나는 아무 대답도 하지 않았다. 그러자 빠른 어조로 난처한 표정을 지으며, 내가 엄마를 양로원에 넣어서 동네 사람들이 나를 좋지 않게 보고 있다는 것을 알고 있지만, 자기는 내가 어떤 사람인지 잘 알고 있고, 내가 엄마를 무척 사랑했다는 것도 잘 알고 있다고 말했다. 내가 왜 그런 대답을 했는지 지금도 모르겠지만, 나는 그 문제로 인해 사람들이 나를 좋지 않게 본다는 것을 지금까지 모르고 있었고, 그러나 내게는 엄마를 부양할 만한 돈이 없었기 때문에 양로원에 맡기는 것을 당연하게 여겼다고 말했다. 그러고는 덧붙여 말했다. "게다가 엄마는 오래전부터 나와 할 말이 없어서 혼자 적적해 하셨지요." 그가 말했다. "그래요. 여하튼 양로원에서는 친구들을 사귈 수 있으니까요." 그러고서 그는 자리에서 일어났다. 잠을 자야겠다는 것이었다. 그는 이제 자기 삶이 달라졌고, 앞으로 어떻게 하면 좋을지 모르겠다고 말했다. 그와 알고 지낸 이후 처음으로 그가 슬그머니 내게 손을 내밀었고, 그의 각질이 일어난 거친 피부가 내 손에 느껴졌다. 그는 슬쩍 미소를 짓고는 방을 나서기 전에 말했다. "오늘밤에는 개들이 짖지 말았으면 좋겠어요. 내 개가 짖는 것 같다는 생각이 들거든요."

6

일요일에는 잠에서 깨기가 힘들어서, 마리가 내 이름을 부르며 흔들어 깨워야 했다. 우리는 일찍부터 수영을 하고 싶어서 아침식사도 하지 않았다. 나는 속이 텅 빈 듯한 느낌이었고, 머리가 조금 아팠다. 담배에서도 쓴 맛이 났다. 마리는 내가 '초상 치른 사람 같은 얼굴'을 하고 있다면서 놀려댔다. 그녀는 하얀 아마포 원피스 차림에, 머리카락은 풀어서 늘어뜨리고 있었다. 내가 예쁘다고 하자, 그녀는 기쁜 표정으로 웃었다.

아래로 내려가면서 우리는 레이몽의 방문을 두드렸다. 그는 곧 내려가겠다고 대답했다. 거리로 나서자, 피곤했던 데다가 내내 덧문을 열지 않았던 터라, 벌써 햇살로 가득 찬 환한 빛에 마치 따귀를 한 대 얻어맞은 듯한 느낌이 들었다. 마리는 기분이 들떠서 팔짝팔짝 뛰며 날씨가 너무 좋다는 말을 되풀이했다. 나는 몸이 나아졌고, 그러자 시장기가 느껴졌다. 내가 마리에게 그 말을 하자, 그녀는 방수포로 만든 가방을 들어 보였는데, 그 속에는 우리가 입을 수영복 두 벌과 수건 한 장이 들어 있었다. 나는 기다릴 수밖에 없었고, 그때 레이몽이 방문을 닫는 소리가 들렸다. 그는 푸른색 바지와 소매가 짧은 흰색 셔츠를 입고 있었다. 거기에다 납작한 밀짚모자를 쓰고 있어서, 그 모습을 보고 마리가 웃었다. 그의 하얀 팔뚝은 검은 털로 덮여 있었는데, 보기에 그리 좋지 않았다. 그는 휘파람을 불며 계단을 내려왔는데, 아주 유쾌한 표정이었다. 그는 내게 "안녕, 친구"라고 했고, 마리를 "아가씨"라고 불렀다.

전날 우리는 함께 경찰서에 갔고, 나는 그 여자가 레이몽을 "속였다"고 증언했다. 레이몽은 경고를 받고 풀려났다. 경찰은 나의 진술을 확인하려 하지 않았다. 잠시 집 앞에서 레이몽과 상의하고 나서, 우리는 버스를 타기로 결정했다. 해변이 그리 멀지 않았지만, 그러면 더 빨리 갈 수 있었다. 레이몽은 우리가 일찍 도착하면 친구가 좋아할 거라고 생각했다. 막 출발하려 할 때, 갑자기 레이몽이 내게 맞은편을 보라고 눈짓을 했다. 나는 한 패의 아랍인들이 담배 가게 진열창에 등을 기대고 서 있는 것을 보았다. 그들은 말없이 그들만의 독특한 분위기를 풍기며 우리를 지켜보고 있었는데, 마치 우리가 돌이나 죽은 나무에 불과하다고 여기는 듯한 눈길이었다. 레이몽은 왼편에서 두 번째가 그 녀석이라고 말하면서 불안해하는 표정을 지었다.

하지만 이미 끝난 일이라고 덧붙여 말했다. 마리는 영문을 알지 못해 무슨 일이냐고 우리에게 물었다. 나는 그녀에게 저 아랍인들이 레이몽에게 앙심을 품고 있다고 말했다. 그녀가 빨리 떠나자고 했다. 레이몽은 몸을 추스르고서 서둘러야겠다고 말하며 웃었다.

우리는 조금 떨어져 있는 버스 정류장으로 갔고, 레이몽은 아랍인들이 따라오지 않는다고 내게 일러주었다. 나는 뒤를 돌아다보았다. 그들은 여전히 그곳에 서 있었고, 여전히 무관심한 눈길로 방금 우리가 떠난 자리에 눈길을 주고 있었다. 우리는 버스를 탔다. 레이몽은 비로소 마음이 놓인 표정으로 마리에게 계속해서 농담을 건넸다. 내가 보기에 마리가 마음에 든 눈치였지만, 그녀는 대꾸를 거의 하지 않았다. 간간이 웃으며 그를 바라볼 뿐이었다.

우리는 알제 교외에서 버스에서 내렸다. 해변은 버스 정류장에서 멀지 않았다. 그러나 바다를 굽어보며 곧바로 바닷가로 가파르게 이어지는 작은 언덕을 넘어야 했다. 언덕은 어느새 새파래진 하늘을 배경으로 누르스름한 돌들과 하얀 수선화들로 덮여 있었다. 마리는 방수포 가방을 힘껏 휘둘러 꽃잎들을 흩뜨리는 장난을 치곤 했다. 우리는 초록색 혹은 흰색 울타리로 둘러싸인 별장들이 줄지어 서 있는 사이로 걸어갔는데, 몇몇 별장들은 베란다까지 타마리스크 아래 파묻혀 있었고, 또 어떤 것들은 바위 지대 위에 덩그러니 세워져 있었다. 언덕이 끝나는 곳에 이르기도 전에 부동의 바다가 한 눈에 들어왔고, 저 멀리 맑은 물 위로 마치 졸고 있는 듯한 육중한 곶이 솟아 있는 게 보였다. 그때 낮게 울리는 모터 소리가 고요한 대기를 가로질러 우리에게까지 들려왔다. 우리는 저만치 멀리 작은 고깃배 한 척이 눈부신 바다 위에서 거의 눈에 띄지 않을 만큼 느리게 나아가고 있는 것을 보았다. 마리는 붓꽃을 몇 송이 꺾었다. 바다로 내려가는 비탈길에서 우리는 벌써 몇몇 사람이 수영을 하고 있는 것을 보았다.

레이몽의 친구는 백사장 끝에 있는 조그만 목조 별장에 살고 있었다. 별장은 바위를 등지고 있었는데, 건물 전면을 떠받치고 있는 기둥들은 물속에 잠겨 있었다. 레이몽이 우리를 소개했다. 그의 친구는 이름이 마송이었다. 허리와 어깨가 두툼하고 키가 큰 사람이었는데, 파리 말투를 쓰는 통통하고 상냥하고 아담한 여자와 살고 있었다. 소개가 끝나자마자 그는 우리에게 편하게 지내라고 하고서, 그날 아침에 낚은 생선 튀김이 있다고 말했다. 나는 그에게 집이 무척 멋지다고 말했다. 그는 토요일과 일요일, 그리고 공휴일에 이곳에 와서 지낸다고 알려주었다. 그러고서 "제 아내는 누구와도 잘 지낸답니다"라고 덧붙였다. 마침 그의 아내는 마리와 마주 앉아 웃고 있었다. 그때 나는, 아마도 처음으로, 결혼해야겠다는 생각을 진지하게 했다.

마송이 수영을 하러 가자고 했지만, 그의 아내와 레이몽은 가고 싶어 하지 않았다. 우리는 셋이서 바닷가로 내려갔고, 마리는 곧장 물속으로 뛰어들었다. 마송과 나는 잠시 뜸을 들였다. 그는 말이 느렸는데, 나는 그가 말끝마다 "그리고 그 뿐만 아니라"라는 말을 덧붙이는 버릇이 있다는 것을 알아차렸다. 사실상 자기가 한 말에 덧붙일 것이 없을 때에도 그랬다. 마리에 대해서도 그는 이렇게 말했다. "아주 멋지군요. 그리고 그 뿐만 아니라 무척 매력적이에요." 하지만 그 후로 나는 그런 말버릇에 더 이상 신경을 쓰지 않았는데, 왜냐하면 태양이 내게 주는 기쁨을 만끽하는 데 몰두했기 때문이었다. 발밑에서 모래가 뜨거워지기 시작했다. 나는 물속으로 뛰어들고 싶은 욕망을 좀 더 참았다가, 마침내 마송에게 물었다. "우리도 들어가 볼까요?" 나는 물속으로 몸을 던졌다. 그는 천천히 물속으로 걸어 들어오다가 발이 땅에 닿지 않게 되어서야 물에 몸을 띄웠다. 그는 평영으로 헤엄을 쳤는데 그나마 서툴러서, 나는 그를 내버려두고 마리에게로 헤엄쳐 갔다. 물은 차가웠고, 수영을 하는 게 즐거웠다. 마리와 나는 함께 멀리까지 나아갔고, 우리는 우리의 몸놀림과 만족감에서 서로 하나가 되는 것을 느꼈다.

바다 한가운데에서 우리는 물 위에 누운 자세를 취했고, 바닷물이 하늘로 향한 내 얼굴을 덮으며 입안으로 흘러들 때마다 태양이 물의 막을 걷어주었다. 우리는 마송이 해변으로 돌아가서 햇볕을 쬐려고 바닥에 눕는 것을 보았다. 멀리서도 그의 몸은 육중해 보였다. 마리는 우리 둘이서 함께 헤엄을 치고 싶어

했다. 나는 뒤쪽으로 가서 그녀의 허리를 붙잡았고, 그녀는 내가 물장구를 쳐서 돕는 데 맞춰 두 팔을 저어 앞으로 나아갔다. 낮게 찰랑거리는 물소리가 아침 내내 우리 곁을 떠나지 않았고, 얼마 후 나는 피곤함을 느꼈다. 그래서 마리를 내버려두고, 호흡을 고르며 느리게 헤엄을 쳐서 해변으로 돌아왔다. 백사장 위에서 나는 마송 옆에 배를 깔고 엎드려 모래 속에 얼굴을 파묻었다. 내가 "기분이 그만이었어요"라고 하자, 그는 자기도 그렇다고 했다. 잠시 후 마리가 돌아왔다. 나는 몸을 돌려 마리가 다가오는 것을 바라보았다. 그녀는 온몸이 소금물에 젖어 번들거렸고, 머리는 뒤로 늘어뜨려져 있었다. 그녀는 나와 옆구리를 붙이고 누웠고, 그녀의 몸과 태양에서 전해지는 두 종류의 열기가 나를 잠시 잠들게 했다.

마리가 나를 흔들어 깨우더니, 마송은 벌써 집으로 돌아갔고, 우리도 점심을 먹으러 가야 한다고 말했다. 내가 배가 고파서 얼른 몸을 일으키려 하는데, 마리가 아침 내내 자기에게 키스 한 번 해주지 않았다고 말했다. 그건 사실이었지만, 사실 나도 키스하고 싶은 마음이 없었던 건 아니었다. 마리가 내게 말했다. "물속으로 들어가자." 우리는 달려가서 마주 오는 작은 파도에 몸을 실었다. 우리는 잠시 평영으로 헤엄쳤고, 마리가 내게 바싹 몸을 붙였다. 그녀의 다리가 나의 다리를 감싸는 게 느껴졌고, 나는 그녀를 안고 싶은 욕망에 사로잡혔다.

우리 둘이 돌아왔을 때, 마송은 벌써부터 우리를 부르고 있었다. 내가 몹시 배가 고프다고 하자, 그는 곧바로 말을 받아 그런 내가 자기 마음에 든다고 아내에게 말했다. 빵이 맛있었고, 나는 내 몫의 생선을 단숨에 먹어치웠다. 그런 다음 고기와 감자튀김이 나왔다. 모두가 아무 말 없이 음식을 먹었다. 마송은 자주 포도주 잔을 비우면서 내게도 계속 따라주었다. 커피를 마실 때쯤에는 머리가 약간 멍해서 담배를 많이 피웠다. 마송과 레이몽 그리고 나는 공동 부담으로 8월 한 달을 해변에서 보내는 것에 대해 의논을 했다. 마리가 우리에게 불쑥 말을 건넸다. "지금 몇 신지 아세요? 열한 시 반이에요." 우리는 모두 놀랐지만, 마송은 우리가 일찍 식사를 했고, 배고플 때가 곧 식사시간이니까 별로 이상할 것도 없다고 말했다. 나는 마리가 왜 그 말을 듣고 웃었는지 모르겠다. 아마도 약간 과음한 탓인 듯하다. 잠시 후 마송은 내게 자기와 함께 바닷가로 산책 나가지 않겠냐고 물었다. "내 아내는 점심식사 후에는 반드시 낮잠을 자지요. 나는 그러고 싶지 않아요. 나는 걸어야 해요. 그 편이 건강에 더 좋다고 아내에게 늘 말하지요. 하지만 누구든 자기 하고 싶은 대로 할 수 있는 거니까 어쩌겠어요." 마리는 남아서 마송 부인이 설거지하는 것을 거들겠다고 말했다. 아담한 파리 여자는 그러자면 남자들을 밖으로 내보내야 한다고 말했다. 우리는 셋이서 바닷가로 내려갔다.

태양이 모래 위에 거의 수직으로 내리쬐고 있었고, 바다 위에 반사되는 햇빛은 눈을 뜰 수 없게 했다. 이제 해변에는 아무도 없었다. 언덕을 따라 바다를 굽어보며 늘어서 있는 별장들에서는 식탁 치우는 소리가 들려왔다. 지면에서 올라오는 돌의 열기로 인해 숨을 쉬기가 어려웠다. 산책을 시작하면서 레이몽과 마송은 내가 알지 못하는 사실들과 사람들에 대해 이야기를 나누었다. 나는 그들이 오래전부터 아는 사이이고, 한 때 함께 산 적도 있다는 것을 알았다. 우리는 물가 쪽으로 가서 바다를 따라 걸었다. 때때로 물결이 다른 것들보다 더 길게 밀려와서 우리의 신발을 적시곤 했다. 나는 모자를 쓰지 않은 머리 위로 내리쬐는 태양 때문에 반쯤 잠이 든 듯한 상태여서 아무 생각도 할 수 없었다.

그때 레이몽이 마송에게 뭐라고 말했는데, 나는 잘 알아듣지 못했다. 하지만 그와 동시에 백사장 끝 아주 멀리에서 푸른색 작업복 차림의 아랍인들이 우리 쪽으로 걸어오는 게 눈에 들어왔다. 내가 레이몽을 쳐다보자, 그가 말했다. "바로 저 녀석이야." 우리는 걸음을 계속했다. 마송은 어떻게 그들이 여기까지 우리를 따라올 수 있었을까 하고 물었다. 나는 그들이 우리가 해수욕 가방을 들고 버스를 타는 것을 보았을 거라고 생각했지만, 아무 말도 하지 않았다.

아랍인들은 천천히 걸어왔고, 어느새 훨씬 가까워져 있었다. 우리는 걷는 속도를 늦추지 않았다. 그때 레이몽이 말했다. "싸움이 벌어지면, 마송, 넌 두 번째 놈을 맡아. 저 녀석은 내가 맡을게. 뫼르소, 너는 또 다른 놈이 나타나거든 맡아줘." 나는

"알았어"라고 말했고, 마송은 두 손을 주머니 속에 찔렀다. 뜨겁게 닳아 오른 모래가 이제 내 눈에는 벌겋게 보였다. 우리는 한 발 한 발 아랍인들을 향해 나아갔다. 그들과 우리 사이의 거리가 점점 줄어들었다. 서로 몇 걸음 떨어지지 않게 되었을 때, 아랍인들이 멈춰 섰다. 마송과 나는 천천히 걸음을 옮겼다. 레이몽은 곧장 자기가 맡은 사내에게로 걸어갔다. 나는 그가 뭐라고 말하는지 잘 알아듣진 못했는데, 그때 상대가 그에게 머리로 받는 시늉을 했다. 그러자 레이몽이 먼저 한 대 갈기고서 곧바로 마송을 불렀다. 마송은 자기가 맡기로 한 사내에게로 가서 힘껏 두 번 후려쳤다. 그 아랍인은 얼굴을 바닥에 처박으며 물속에 고꾸라졌고, 그 상태로 쓰러져 있다 보니 수면 위에서 머리 주위로 거품이 부글거렸다. 그러는 사이에 레이몽도 주먹을 날렸고, 상대의 얼굴은 피범벅이 되었다. 레이몽이 내 쪽을 돌아보며 말했다. "이 놈이 어떤 꼴을 당하는지 잘 봐둬." 나는 그에게 소리쳤다. "조심해, 칼을 꺼냈어!" 그러나 레이몽은 이미 팔이 찔리고 입술이 벤 상태였다.

마송이 앞쪽으로 펄쩍 뛰어나갔다. 그러나 다른 아랍인도 몸을 일으켜서 칼을 든 사내의 뒤로 붙어 섰다. 우리는 어떤 행동도 취할 수 없었다. 그들은 우리에게서 눈을 떼지 않은 채 칼로 위협하면서 천천히 뒷걸음질 쳤다. 그러더니 충분한 거리가 확보된 것을 확인하고서 재빨리 달아나버렸다. 우리는 태양 아래 못 박힌 듯 우두커니 서 있었고, 레이몽은 핏방울이 떨어지는 팔을 움켜쥐고 있었다.

곧 마송은 일요일마다 언덕 위의 별장에서 지내는 의사가 있다고 말했다. 레이몽은 즉시 그곳으로 가자고 했다. 그러나 말을 할 때마다 상처에서 피가 흘러나와 입안에서 거품이 일어났다. 우리는 그를 부축해서 서둘러 별장으로 돌아왔다. 별장에 도착했을 때, 레이몽은 상처가 깊지 않으니 의사에게 갈 수 있다고 말했다. 그는 마송과 함께 밖으로 나갔고, 나는 남아서 두 여자에게 자초지종을 들려주었다. 마송의 아내는 울먹거렸고, 마리는 얼굴이 파랗게 질려 있었다. 나는 여자들에게 설명을 늘어놓는 게 귀찮았다. 결국 나는 입을 다물고 바다를 바라보며 담배를 피웠다.

한 시 반쯤에 레이몽이 마송과 함께 돌아왔다. 팔에는 붕대가 감겨 있고 입가에는 반창고가 붙어 있었다. 의사는 대수롭지 않다고 했지만, 레이몽은 안색이 몹시 어두웠다. 마송이 그를 웃게 하려고 해보았다. 그러나 그는 내내 말이 없었다. 그가 바닷가로 내려가겠다고 말했고, 나는 어디로 가느냐고 물었다. 그는 바람을 쐬고 싶다고 대답했다. 마송과 나는 우리도 함께 가겠노라고 했다. 그러자 그는 벌컥 화를 내며 우리에게 욕을 했다. 마송은 그의 심기를 거스르지 말아야겠다고 말했다. 그래도 나는 그의 뒤를 따라나섰다.

우리는 오랫동안 해변을 걸었다. 이제 태양은 지상의 모든 것을 짓누르는 듯했다. 햇빛이 모래와 바다 위에 산산조각으로 부서지고 있었다. 나는 레이몽이 자기가 어디로 가는지 알고 있는 듯한 생각이 들었지만, 어쩌면 내가 잘못 짐작하는지도 몰랐다. 백사장이 끝나는 곳에서 우리는 마침내 커다란 바위 뒤에서 모래 위로 물이 흘러나오는 작은 샘에 도착했다. 거기서 우리는 아까 그 두 아랍인을 발견했다. 그들은 기름때가 묻은 푸른색 작업복 차림으로 바닥에 누워 있었다. 그들은 너무나 느긋해서 마치 기분이 좋아 보이는 듯한 표정이었다. 우리의 출현으로 달라진 건 없었다. 레이몽을 공격한 사내는 말없이 레이몽을 바라보았다. 다른 사내는 조그만 갈대 피리를 불고 있었는데, 곁눈으로 우리를 지켜보면서 피리로 낼 수 있는 세 가지 음만 계속 되풀이하고 있었다.

그러는 동안 내내 나지막한 샘물 소리와 세 가지 음의 반복적인 울림, 그리고 태양과 침묵만이 대기를 가득 채우고 있었다. 이윽고 레이몽이 권총이 들어 있는 뒷주머니에 손을 올려놓았지만, 상대는 꼼짝도 하지 않았고, 둘은 계속 서로를 노려보았다. 피리를 불고 있는 사내의 발가락들 사이가 몹시 벌어져 있는 게 내 눈에 띄었다. 상대에게서 눈을 떼지 않은 채 레이몽이 내게 물었다. "해치워버릴까?" 내가 생각하기에, 그러지 말라고 하면 그는 제풀에 화가 나서 총을 쏴버릴 게 분명했다. 그래서 나는 그에게 이렇게만 말했다. "저 녀석은 아직 네게 한 마디도 안 했어. 이대로 총을 쏘는 건 비겁한 짓이야." 침묵과 열기의 한복판에서 샘물과 피리의 나지막한 소리가 계속해서 들려오고 있었다. 그러자 레이몽이 말했다. "내가 저 녀석에게 욕을 해서 녀석이 응수하면 해치워버리겠어." 내가 대답했다. "그렇게 해. 하지만 칼을 뽑지 않으면 총을 쏴서는 안 돼." 레이몽이 약간 흥분하기 시작했다. 상대는 여전히 피리를 불고 있었고, 둘 다 레이몽의 거동을 주의 깊게 살피고 있었다. 내가 레이몽에게 말했다. "안 돼. 사나이 대 사나이로 상대해. 권총은 내게 줘. 다른 녀석이 끼어들거나 저 녀석이 칼을 빼들면 내가 처리할 테니까."

레이몽이 권총을 내게 건네줄 때, 그 위로 햇빛이 반사하여 번쩍거렸다. 그러나 우리는 마치 우리 주위로 사방이 막힌 듯 여전히 미동도 하지 않은 채 서 있었다. 우리는 눈길을 내리지 않고 서로 뚫어지게 바라보았고, 모든 게 여기, 바다와 모래와 태양, 피리 소리와 물소리로 인한 이중의 침묵 사이에서 정지해 있었다. 그 순간 나는 총을 쏠 수도 있고 쏘지 않을 수도 있다고 생각했다. 그러나 갑자기 아랍인들이 뒷걸음질 쳐서 바위 뒤로 슬그머니 사라져버렸다. 이윽고 레이몽과 나도 발길을 돌렸다. 그는 기분이 좀 나아진 듯, 집으로 돌아가는 버스에 대해 말을 꺼냈다.

나는 별장까지 그와 동행했고, 그가 나무 계단을 오를 때, 층계의 첫 단 앞에 서 있었는데, 뜨거운 태양으로 인해 머릿속이 윙윙거렸고, 이제 다시 이 나무 계단을 올라가서 여자들과 마주해야 하는 수고를 감수해야 한다는 생각에 마음이 무거웠다. 그러나 열기가 어찌나 심한지 하늘에서 소나기처럼 쏟아져 내리는 눈부신 햇빛을 받으며 우두커니 서 있는 것 역시 고통스러웠다. 여기에 머물러 있든 떠나든, 마찬가지였다. 잠시 후, 나는 바닷가 쪽으로 몸을 돌려서 걷기 시작했다.

태양이 여전히 붉게 작열하고 있었다. 바다는 작은 물결로 부서져 모래 속으로 스며들며 가쁜 숨을 몰아쉬고 있었다. 나는 느린 걸음으로 바위들을 향해 걸어갔고, 햇빛을 받아 이마가 부풀어 오르는 게 느껴졌다. 극심한 열기가 나를 내리누르면서 내가 앞으로 나아가는 것을 막고 있었다. 태양의 뜨겁고 세찬 숨결이 얼굴에 느껴질 때마다, 나는 이를 악물었고, 바지 주머니 속에서 주먹을 움켜쥐었고, 태양을 이기기 위해, 태양이 내게 쏟아 붓는 이 먹먹한 마비감에 맞서기 위해 온몸을 팽팽하게 긴장시켰다. 모래에서, 흰 조개껍질에서, 유리조각에서 햇빛이 칼날처럼 튀어오를 때마다 턱에서 경련이 일어났다. 나는 오랫동안 걸었다.

저 멀리, 햇빛과 바다의 먼지가 만들어낸 눈부신 후광에 둘러싸인 작고 검은 바위 덩어리가 눈에 들어왔다. 나는 그 바위 뒤에 있는 서늘한 샘을 생각했다. 나는 그 샘물의 속삭임을 다시 듣고 싶었고, 태양과 공연한 수고와 여자들의 울음소리를 피하고 싶었고, 그늘을 찾아 쉬고 싶었다. 그러나 좀 더 가까이 다가갔을 때, 나는 레이몽이 상대했던 사내가 돌아와 있는 것을 보았다.

그는 혼자였다. 목덜미 밑에 두 손을 괴고 바닥에 누워 있었는데, 얼굴은 바위 그늘 속에 들어 있고 몸통은 햇빛에 드러나 있었다. 그의 푸른색 작업복에서는 열기 때문에 김이 솟아오르고 있었다. 나는 조금 놀랐다. 내게는 이미 끝난 일이었고, 무심코 다시 이곳에 온 것이었다.

그는 나를 보자마자 몸을 약간 일으키고서 주머니에 손을 집어넣었다. 나는 반사적으로 웃옷에 들어 있던 레이몽의 권총을 움켜쥐었다. 그때 그가 다시 몸을 뒤로 젖혀 누웠는데, 주머니에서 손을 빼지 않은 채로였다. 나는 그에게서 제법 멀리, 10여 미터 떨어져 있었다. 나는 그가 반쯤 감긴 눈꺼풀들 사이로 간간이 내 쪽으로 시선을 던지는 것을 알 수 있었다. 하지만 그의 모습은 계속해서, 타는 듯한 대기 속에서 춤추듯 내 눈앞에 어른거리고 있었다. 파도 소리는 정오 때보다도 더 나른하고 잠잠해져 있었다. 여전히 같은 모래 위에서 여전히 같은 태양, 여전히 같은 햇빛이 여기까지 이어지고 있었다. 벌써 두 시간째 낮은 정지되어 있었고, 끓어오르는 쇳물과도 같은 바다에 두 시간째 닻을 내리고 있었다. 수평선 위로 조그만 증기선이 지나갔고, 나는 내 시야의 가장자리에서 검은 반점이 어리는 것을 보고서 그것이 증기선이라고 짐작했는데, 그동안에도 줄곧 내 시선이 그 아랍인에게로 향해 있었던 탓이었다.

나는 내가 뒤로 돌아서기만 하면 모든 게 끝난다고 생각했다. 그러나 온통 뜨거운 햇빛으로 진동하는 해변이 등 뒤에서 나를 떠밀고 있었다. 나는 샘물 쪽으로 몇 발짝을 내디뎠다. 아랍인은 움직이지 않았다. 그래도 그는 아직 꽤 멀리 떨어져 있었다. 아마도 그의 얼굴에 드리워진 그림자 때문인지, 그는 웃고 있는 것처럼 보였다. 나는 기다렸다. 뜨거운 햇빛이 내 뺨을 달구었고, 나는 땀방울이 눈썹에 맺히는 것을 느꼈다. 엄마의 장례를 치르던 날과 똑같은 태양이었는데, 그때처럼 특히 이마가 아팠고, 이마 주변의 모든 혈관이 살갗 아래에서 한꺼번에 펄떡거렸다. 도저히 견딜 수 없는 그 뜨거운 열기로 인해 나는 앞으로 움직였다. 나는 그게 어리석은 짓이고, 한 발짝 나아간다고 해서 태양으로부터 벗어날 수 없다는 것을 알고 있었다. 그러나 나는 한 발짝, 단 한 발짝을 앞으로 내디뎠다. 그러자 이번에는 아랍인이 몸을 일으키지도 않고서 칼을 꺼내어 햇빛 아래에서 내게 내밀었다. 햇빛이 강철 위에서 반사되었는데, 마치 번쩍거리는 긴 칼날이 나의 이마를 찌르는 것 같았다. 그와 동시에, 눈썹에 맺혀 있던 땀이 주르륵 흘러내려 눈꺼풀을 미지근하고 두터운 막으로 덮어버렸다. 내 두 눈은 이 꺼풀을 소금의 막에 가려져 앞이 보이지 않았다. 나는 내 이마 위에서 태양의 열기가 심벌즈처럼 울리는 것을 느낄 수 있을 뿐이었고, 여전히 눈앞에 있는 칼에서 햇빛이 번쩍거리는 긴 칼날처럼 뻗어 나오는 게 어렴풋하게 감지될 뿐이었다. 그 불타는 듯한 칼날이 속눈썹 사이로 파고들어 내 쓰라린 두 눈을 후벼 파고 있었다. 바로 그때 모든 게 크게 흔들렸다. 바다가 묵직하고 뜨거운 숨결을 토해냈다. 마치 하늘이 활짝 열리면서 불의 비가 쏟아져 내리는 것 같았다. 내 전 존재가 팽팽하게 긴장되었고, 나는 권총을 힘껏 그러쥐었다. 방아쇠가 당겨졌고, 권총 손잡이의 매끄럽고 볼록한 부분이 손바닥에 느껴졌으며, 그 순간 그 짤막한 폭발음과 함께 모든 게 시작되었다. 나는 땀과 태양을 내게서 떨쳐버렸다. 나는 한낮의 균형과, 내가 행복해 하던 해변의 이례적인 침묵을 깨뜨려버렸다는 것을 깨달았다. 그때 나는 축 늘어진 몸에 네 발을 더 쏘았고, 총알들은 흔적도 남기지 않고 깊숙이 박혔다. 그리고 그것은 마치 불행의 문을 두드리는 네 번의 짤막한 노크 소리와도 같았다.

2부

1

구속된 후에, 나는 곧바로 여러 차례 심문을 받았다. 그러나 피의자신문이어서, 오래 걸리지 않았다. 처음에 경찰서에서 내 사건은 사람들의 관심을 끌지 못하는 것 같았다. 그런데 일주일 후 수사 검사는 다른 이들과 달리 호기심 어린 눈으로 나를 바라보았다. 그러나 우선 내게 이름과 주소, 직업, 생년월일과 출생지에 대해서만 물었다. 그런 후에 내가 변호사를 선임했는지 알고 싶어 했다. 나는 그러지 않았다고 말하고서, 반드시 변호사를 선임해야 하느냐고 물었다. 그가 말했다. "왜 그런 질문을 하는 거죠?" 나는 내가 생각하기에 내 사건은 무척 단순하다고 대답했다. 그가 웃으며 말했다. "그렇게 볼 수도 있지요. 그러나 법이라는 게 있어요. 당신이 변호사를 선임하지 않으면 우리가 국선 변호사를 지명할 것입니다." 나는 법원에서 그런

세세한 일까지 맡아주어 무척 편리하다고 생각했다. 내가 그렇게 말하자, 그는 내 말에 동의하고서, 법은 잘 갖춰져 있다고 근엄하게 말했다.

처음에 나는 그를 그리 중요한 인물로 여기지 않았다. 그는 커튼을 친 방에서 나를 맞았는데, 책상 위에 놓인 스탠드 전등이 팔걸이의자를 비추고 있었고, 그는 나를 그 의자 위에 앉게 하고서 자신은 어둠 속에 자리를 잡고 있었다. 나는 언젠가 책에서 이와 비슷한 장면의 묘사를 읽은 적이 있어서, 모든 게 장난처럼 여겨졌다. 그러나 대화가 끝난 후에 그를 자세히 볼 수 있었는데, 그는 세련된 인상에, 푸른 눈이 움푹 들어가 있고, 키가 크고, 회색 콧수염을 길게 기르고, 거의 백발에 가까운 풍성한 머리카락을 가지고 있었다. 내가 보기에 무척 합리적인 성격인 듯했고, 입술을 쫑긋거리는 신경질적인 버릇이 있기는 해도, 그런대로 호감이 가는 사람이었다. 그래서 나는 방을 나서면서 그에게 손을 내밀려고까지 했는데, 내가 사람을 죽였다는 사실을 제 때에 상기하고는 마음을 바꾸었다.

다음 날 변호사 한 사람이 감옥으로 나를 찾아왔다. 키가 작고 통통하고 꽤 젊은 사내로, 머리카락을 정성스레 빗어 넘긴 모습이었다. 더운 날씨에도 불구하고 (나는 셔츠바람이었다) 그는 검은 양복에 끝이 접힌 칼라가 달린 셔츠를 입고 까맣고 하얀 굵은 줄무늬가 있는 묘한 모양의 넥타이를 매고 있었다. 그는 겨드랑이에 끼고 있던 가방을 내 침대 위에 내려놓고는 자기소개를 한 후 내 서류를 검토해보았다고 말했다. 사건이 까다롭긴 하지만, 내가 자기를 믿어준다면 승소를 의심치 않는다는 것이었다. 내가 고맙다고 하자, 그가 말했다. "이제 사건의 요점으로 들어갑시다."

그는 침대 위에 걸터앉으며 수사관들이 내 사생활에 대해 몇 가지 정보를 얻어냈다고 말했다. 그의 말에 따르면 수사관들은 나의 어머니가 최근에 양로원에서 사망했다는 사실을 알게 되었다. 그래서 마랑고로 가서 탐문을 했다. 그 결과 엄마의 장례식 날 '내가 무덤덤한 태도를 보였다'는 사실을 알아냈다는 것이다. 변호사가 내게 말했다. "사실 이런 질문을 드리는 게 조금 거북합니다. 하지만 이건 매우 중요한 사안입니다. 그리고 만약 내가 답변할 거리를 찾아내지 못하면, 검사가 기소를 할 때 중대한 논거가 될 것입니다." 그는 내게 자기를 도와달라고 했다. 그는 내게 그날 힘들었냐고 물었다. 그 질문은 나를 무척 놀라게 했고, 만약에 내가 그런 질문을 해야 하는 처지였다면 몹시 난감했을 것 같았다. 그러나 나는 요즘 들어 내 행동에 대해 스스로 생각해보는 버릇을 잃어버린 편이어서, 뭐라고 말하기가 어렵다고 대답했다. 물론 나는 어머니를 무척 사랑했지만, 그런 말을 하는 건 아무 의미도 없었다. 정상적인 사람이라면 누구나 사랑하는 사람들의 죽음을 어느 정도 원하기 마련이지 않은가. 그러자 변호사가 내 말을 끊고서 몹시 흥분한 기색을 드러냈다. 그러고는 내게 그런 말은 법정에서나 검사의 방에서 결코 하지 않겠다는 약속을 하게 했다. 하지만 나는 천성적으로 생리적인 욕구로 인해 자주 감정이 흐트러지곤 한다고 설명했다. 엄마의 장례를 치르던 날, 나는 매우 피곤했고 졸렸다. 그래서 진행되는 상황을 제대로 파악하지 못했다. 내가 분명히 말할 수 있는 것은 엄마가 죽지 않았으면 좋았겠다고 생각했다는 사실이었다. 그러나 변호사는 성이 차지 않는다는 표정이었다. 그가 내게 말했다. "그 정도로는 충분하지 않아요."

그는 잠시 생각에 잠겼다. 그러고는 그날 내가 자연스러운 감정을 억제했다고 말해도 되느냐고 물었다. 나는 그에게 대답했다. "아니요, 그건 사실이 아니니까요." 그는 마치 내게서 약간 혐오감이라도 느낀 듯이 이상하다는 눈길로 나를 바라보았다. 그는 어찌 되었든 양로원의 원장과 직원들이 증언대에 오를 것이고, "그러면 내가 무척 곤란한 상황에 놓이게 될 거라고" 쌀쌀맞다 싶은 어투로 말했다. 나는 그에게 그런 이야기는 내 사건과 아무 관련이 없다고 지적했지만, 그는 내가 그동안 법과 관련된 일을 겪어본 적이 없어서 그런 소리를 한다고 대꾸했을 뿐이었다.

그는 기분이 상한 얼굴로 떠났다. 나는 그를 붙들어 두고서, 그의 호감을 얻고 싶다고, 그러나 내가 변호를 더 잘 받기 위해서가 아니라, 이를테면 천성적으로 그래서 그런다고 밝히고 싶었다. 무엇보다도 나는 내가 그의 심기를 불편하게 했다는 것을 알고 있었다. 그는 나를 이해하지 못했고, 약간 나를 원망하는 마음도 가지고 있었다. 나는 내가 남들과 같은 사람이라고, 남들과 조금도 다를 게 없는 사람이라고, 그에게 분명히 해두고 싶었다. 하지만 따지고 보면 그 모든 게 별 소용이 닿지 않는 짓이었고, 나는 귀찮은 마음이 들어 단념하고 말았다.

얼마 뒤에 나는 다시 수사 검사 앞에 출두했다. 오후 두 시였는데, 이번에는 사무실이 커튼을 투과한 햇빛으로 가득 차 있었다. 몹시 더웠다. 그는 나를 의자에 앉게 하고서, 나의 변호사가 "부득이 한 사정으로" 오지 못했다고 무척 정중하게 말해주었다. 그러고는 내게 자기 질문에 대답하지 않고서 변호사가 입회할 때까지 기다릴 수 있는 권리가 있다고 했다. 나는 혼자서도 대답할 수 있다고 말했다. 그는 손가락으로 책상 위의 버튼을 눌렀다. 젊은 서기가 들어와서 내 등 바로 뒤에 자리 잡았다.

우리는 둘 다 안락의자에 편안히 앉았다. 심문이 시작되었다. 검사는 우선 사람들 말로는 내가 말이 적고 내성적인 성격이라고 하는데 그 점에 대해 어떻게 생각하는지 알고 싶다고 했다. 나는 대답했다. "그건 별로 할 말이 없기 때문입니다. 그래서 입을 다물고 있는 거지요." 그는 첫 심문 때처럼 미소를 짓더니, 그거야말로 가장 타당한 이유라고 말하고서 덧붙여 말했다. "하기야 그런 건 전혀 중요한 게 아니지요." 그러고는 잠시 말을 멈추고 나를 바라보더니, 갑자기 벌떡 일어서면서 빠른 어조로 내게 말했다. "나는 정말 당신이 어떤 사람인지 궁금합니다." 나는 그 말이 무슨 뜻인지 몰라서 아무 대꾸도 하지 않았다. 그가 말을 이었다. "당신 행동에는 내가 도저히 납득할 수 없는 점들이 있어요. 나는 당신이 그것들을 내가 이해할 수 있도록 도와주리라 믿습니다." 나는 모든 게 무척 간단하다고 말했다. 그는 내게 그날의 일을 다시 이야기해볼 것을 요구했다. 나는 이미 그에게 한 이야기를 되풀이했다. 레이몽, 바닷가, 해수욕, 싸움, 다시 바닷가, 작은 샘, 태양 그리고 권총 다섯 발. 그는 내가 한 마디 할 때마다 "좋아요, 좋아"라고 했다. 내 이야기가 땅바닥에 쓰러진 시신에 이르렀을 때, 그가 고개를 끄덕이며 말했다. "좋습니다." 나로서는 같은 이야기를 반복하는 데 진력이 났고, 지금까지 그렇게 많은 말을 해본 적이 없는 것 같았다.

잠시 침묵이 흐른 뒤, 그는 자리에서 일어나, 나를 돕고 싶다고, 내게 관심이 많다고, 하느님의 도움으로 나를 위해 뭔가 할 수 있을 거라고 말했다. 하지만 그 전에 내게 몇 가지 질문을 더 하고 싶다고 했다. 그러고는 다짜고짜 내게 엄마를 사랑했냐고 물었다. 나는 "네, 남들처럼요"라고 대답했고, 그때 지금까지 규칙적으로 타이프를 치던 서기가 키를 잘못 누른 게 분명했는데, 왜냐하면 당황해 하면서 앞의 글자로 돌아갔기 때문이었다. 여전히 뜬금없이 검사는 내게 다섯 발의 총알을 연달아 발사했느냐고 물었다. 나는 잠시 생각해보고서, 먼저 한 발을 쏘고, 몇 초 후에 나머지 네 발을 쐈다고 정확하게 밝혔다. 그러자 그가 물었다. "왜 첫 발과 두 번째 발 사이에서 기다렸나요?" 다시 한 번 붉은 해변이 눈앞에 떠올랐고, 그러자 이마에 뜨거운 햇살이 느껴졌다. 그러나 나는 그 질문에 아무 대답도 하지 않았다. 한동안 침묵이 이어졌고, 검사는 안절부절 못하는 기색이었다. 그는 의자에 주저앉아 손으로 머리를 헝클어버리고는, 책상 위에 두 팔꿈치를 괴고서 이상한 표정을 지으며 내 쪽으로 약간 몸을 굽혔다. "왜, 왜 바닥에 쓰러진 시체에다 총을 쏜 겁니까?" 이번에도 나는 대답할 수 없었다. 검사는 두 손으로 이마를 감싸면서 약간 달라진 목소리로 질문을 되풀이했다. "왜 그랬나요? 그 이유를 내게 말해야 해요. 왜냐고요!" 나는 여전히 침묵을 지켰다.

갑자기 그는 자리에서 일어나 사무실 한쪽 끝으로 성큼성큼 걸어가더니 서류함의 서랍을 열었다. 그러고는 은 십자가 하나를 꺼내어 허공에서 흔들며 내 쪽으로 돌아왔다. 그가 완전히 달라진, 거의 떨리는 목소리로 소리쳤다. "이 분이 누군지 아나요, 이 분이?" 나는 "그럼요, 물론이죠"라고 대답했다. 그러자 그는 아주 빠르고 열정적인 목소리로, 자기는 하느님을 믿으며, 어떤 인간도 하느님이 용서하지 않을 만큼 죄가 크지 않다는 게 자신의 신념인데, 그러자면 인간이 참회를 통해 어린아이처럼 되어 마음을 비우고 모든 것을 받아들일 자세를 가져야 한다고 말했다. 그는 온몸을 책상 위로 기울이고는 십자가를 내 머리 위쪽으로 들어 올려 흔들어댔다. 사실 나는 그의 논리를 따라잡기가 힘들었는데, 우선 날씨가 몹시 더웠고, 사무실 안에서 커다란 파리들이 날아다니다가 내 얼굴에 앉곤 했기 때문이며, 또한 검사가 조금 겁났기 때문이었다. 그러면서도 나는 상황이 우스꽝스럽다고 생각했는데, 왜냐하면 어찌 되었든 죄를 지은 사람은 나였기 때문이었다. 하지만 그는 말을 계속했다. 내가 대충 알아들은 바로는, 그가 볼 때 나의 자백에 단한 가지 모호한 점이 있는데, 그것은 내가 두 번째 총탄을 발사하기 전에 잠시 기다렸다는 사실이었다. 그 나머지는 아무 문제가 없는데, 그 점만은 이해가 가지 않는다는 것이었다.

나는 그에게 그렇게 고집을 부리는 건 잘못이고, 그 점은 그다지 중요하지 않다고 말하려 했다. 그러나 그는 내 말을 가로막고는, 벌떡 일어서서 내게 신을 믿느냐고 물으며 다시 한 번 나를 몰아세웠다. 나는 아니라고 대답했다. 그는 분노를 터뜨리며 주저앉았다. 그는 내게 그건 있을 수 없는 일이라고, 모든 사람이 신을 믿는다고, 심지어 신을 외면하는 사람들도 그렇다고 말했다. 그것이 그의 신념이었고, 만약 그것을 조금이라도 의심해야 한다면 그의 삶은 더 이상 의미가 없으리라는 것이었다. 그가 소리쳤다. "당신은 내 삶이 의미가 없기를 바라는 거요?" 내 생각에 그건 나와 상관없는 일이었고, 그에게도 그렇게 말했다. 하지만 그는 탁자를 가로질러 십자가에 매달린 예수를 내 눈 밑으로 불쑥 들이밀고는 정신이 나간 사람처럼 소리를 질렀다. "나는, 난 기독교인이야. 그분께 네 죄를 용서해 달라고 간구하고 있어. 그런데 넌 어째서 그분이 널 위해 고난을 당하셨다는 것도 믿지 못하는 거지?" 나는 그가 나에게 반말을 쓰고 있다는 것을 알아차렸지만, 이제 그만 진절머리가 났다. 더위가 점점 더 심해지고 있었다. 별로 이야기를 듣고 싶지 않은 사람에게서 벗어나고 싶을 때 늘 그러는 것처럼, 나는 그의 말을 수긍하는 체했다. 그러자 그는 놀랍게도 의기양양해져서 말했다. "그것 봐. 그것 보라고. 너도 믿고 있지? 너 자신을 예수님께 맡기려 하는 거지?" 물론 나는 한 번 더 아니라고 대답했다. 그는 다시 안락의자에 털썩 주저앉았다.

그는 피곤한 기색이 역력했다. 한동안 그는 입을 다물고 있었는데, 그러는 동안 대화를 계속 따라오던 타자기가 마지막 문장들을 이어가고 있었다. 이윽고 그는 약간 슬픈 표정으로 나를 물끄러미 바라보았다. 그가 중얼거리듯이 말했다. "나는 당신처럼 완고한 마음을 가진 사람을 본 적이 없어요. 내 앞으로 끌려온 죄인들은 하나같이 고난의 형상을 보고 눈물을 흘렸어요." 나는 그건 바로 그들이 죄인들이기 때문이라고 대답하려 했다. 그러나 곧 나도 그들과 같다는 생각이 들었다. 그건 나로서는 익숙해지기 어려운 생각이었다. 그때 검사가 일어섰는데, 심문이 끝났다는 의미였다. 그는 여전히 조금 피곤한 표정으로 내 행동을 후회하느냐고 짧게 물었다. 나는 잠시 생각해 보고 나서, 진심으로 후회하기 보다는 모든 게 귀찮게 여겨진다고 대답했다. 나는 그가 나를 이해하지 못한다는 느낌이 들었다. 하지만 그날은 그 정도로 마무리 되었다.

그 후로 나는 검사를 자주 만났다. 다만 매번 변호사가 동석했다. 우리의 만남은 나의 이전 진술 중에서 몇 가지 사항을 확인하는 선에서 그쳤다. 때로 검사는 나의 변호사와 기소 문제와 관련하여 의논을 하곤 했다. 그러나 사실상 그때 이미 그들은 나라는 존재에 신경 쓰고 있지 않았다. 여하튼 심문하는 어투가 조금씩 달라졌다. 검사는 더 이상 내게 관심이 없는 것 같았고, 내 사건에 대해 자기 나름대로 정리를 마친 것처럼 보였다. 그는 내게 다시는 하느님 이야기를 꺼내지 않았고, 첫날처럼 흥분한 모습도 보이지 않았다. 그 결과 우리의 대화는 점점 더 화기애애해졌다. 매번 몇 가지 질문과 변호사와의 몇 마디 대화로 심문은 끝이 났다. 검사의 표현에 따르면, 내 사건은 정해진 순서에 따르고 있었다. 그래서 간간이 일반적인 내용의 이야기가 오갈 때면 나도 끼워주곤 했다. 나는 숨통이 트이기 시작했다. 그런 시간에는 아무도 내게 적대감을 보이지 않았다. 모든 게 너무도 자연스럽고, 너무도 잘 정리되어 있고, 너무도 절도 있게 진행되어서, 마치 '가족들 사이에 있는' 듯한 묘한 느낌이 들기도 했다. 검사는 간혹 사무실 문까지 나를 배웅하며 내 어깨를 두드리면서 다정한 어조로 "오늘은 이것으로 끝났습니다, 반 기독교도 양반"이라고 말하곤 했는데, 11개월에 걸쳐 수사가 진행되는 동안 나는 드물게 찾아들던 그 순간

들을 다른 무엇보다도 즐겼다는 사실에 스스로 놀라지 않을 수
없다. 그러고 나면 나는 경관들의 손에 다시 맡겨졌다.

2

내가 결코 말하고 싶지 않았던 일들이 있다. 감옥에 들어와서 며칠이 지났을 때 나는 내 삶의 이 시기에 대해 누구에게도 말하고 싶지 않게 되리라는 것을 깨달았다.

시간이 좀 더 흐른 후에, 나는 그런 거부감을 대수롭지 않게 여기게 되었다. 사실상 처음 며칠 동안 나는 정말로 감옥에 있는 게 아니었다. 나는 막연히 어떤 새로운 사건을 기대하고 있었다. 그러다가 모든 것이 시작된 것은, 마리의 처음이자 유일한 면회가 있고난 후였다. 그녀의 편지를 받은 날부터(그녀는 자기가 내 아내가 아니어서 더 이상 면회가 허용되지 않는다고 말했다), 바로 그날부터, 나는 감방이 내 집이고 내 삶이 거기에서 멈춰버렸다는 것을 절감했다. 체포되던 날, 처음에 나는 이미 여러 명의 수감자들이 들어 있는 감방에 넣어졌는데, 그

들 대부분은 아랍인이었다. 그들은 나를 보고 웃었다. 그러고
는 내게 무슨 짓을 했느냐고 물었다. 나는 아랍인을 한 명 죽였
다고 대답했고, 그러자 그들은 입을 다물었다. 그러나 얼마 후
밤이 오자, 그들은 내가 깔고 누울 돗자리를 어떻게 펴는지 설
명해주었다. 한 끝을 말아서 베개로 사용할 수 있었다. 밤새도
록 빈대들이 얼굴 위로 기어 다녔다. 며칠 후 나는 독방에 격리
되었고, 그곳에서는 나무 침상 위에서 자게 되었다. 변기통과
쇠대야 하나가 있었다. 감옥이 도시 맨 꼭대기에 있어서 작은
창문을 통해 바다를 볼 수 있었다. 어느 날 내가 철창에 매달려
얼굴을 햇빛 쪽으로 내밀고 있을 때, 간수가 들어와서 면회 온
사람이 있다고 말했다. 나는 마리라고 생각했다. 짐작했던 대
로 마리였다.

　나는 면회실로 가기 위해 긴 복도를 따라가다가 계단을 오
르고 끝으로 또 다른 복도를 지났다. 그러고는 널따란 창으로
빛이 환하게 들어오고 있는 무척 큰 홀로 들어갔다. 그 큰 방
은 세로로 놓인 두 개의 커다란 창살에 의해 세 부분으로 나뉘
어 있었다. 두 쇠창살 사이에는 8 내지 10미터의 간격이 있어
서 면회인들과 죄수들을 갈라놓고 있었다. 나는 내 맞은편에서
그을린 얼굴에 줄무늬 원피스를 입고 있는 마리를 보았다. 내
쪽에는 10여 명의 수감자들이 있었는데, 대부분 아랍인들이었
다. 마리는 아랍 여인들에 둘러싸여 있었다. 그녀의 양옆에 있
는 두 여자 면회인 중 한 사람은 검은 옷을 걸치고 입가에 주름

이 오글오글한 키 작은 노파였고, 다른 한 사람은 머리에 아무 것도 쓰지 않은 뚱뚱한 여자였는데, 온갖 몸짓을 섞어가며 큰 소리로 외치고 있었다. 쇠창살들 사이의 거리 때문에 면회인들과 죄수들은 목소리를 높여 말해야 했다. 그곳에 들어섰을 때, 홀 안의 텅 빈 벽에 부딪쳤다가 튕겨 나오는 온갖 시끄러운 목소리와, 하늘에서 유리창을 통과해 들어와 홀 전체에서 반사되는 날카로운 햇빛 때문에, 나는 머릿속이 멍할 지경이었다. 나의 감방은 더 조용하고 더 어두웠다. 그곳에 적응하는 데 잠시 시간이 필요했다. 그러나 곧 나는 환한 빛 속에서 드러난 얼굴들 하나하나를 똑똑히 볼 수 있었다. 간수 한 사람이 양쪽 쇠창살 사이의 복도 끝에 앉아 있는 것이 눈에 들어왔다. 대부분의 아랍인 죄수들과 그 가족들은 서로 마주 보며 쪼그리고 앉아 있었다. 그들은 소리를 지르지 않았다. 주변의 소란에도 불구하고, 그들은 낮게 말하면서도 서로 소통을 하고 있었다. 아래쪽에서 울리는 그들의 웅얼거리는 듯한 중얼거림은 그들의 머리 위에서 오가는 대화에 대해 이를테면 낮게 이어지는 저음부를 이루고 있었다. 나는 그 모든 것을 마리 쪽으로 나아가면서 한순간에 파악했다. 그녀는 벌써 창살에 매달린 채 내게 애써 미소를 지어 보였다. 나는 그녀가 매우 아름답다고 생각했지만, 그 말을 어떻게 해야 할지 알지 못했다.

그녀가 큰 소리로 물었다. "그래, 어때?" ― "그냥 그래, 보다시피." ― "잘 지내지? 필요한 건 없어?" ― "전혀 없어."

우리는 잠시 말을 잊었고, 마리는 계속해서 웃고 있었다. 뚱뚱한 여자는 남편으로 보이는 내 옆의 남자를 향해 고래고래 악을 쓰고 있었는데, 키가 크고 머리카락이 연한 갈색이고 눈매가 선량한 사내였다. 그들은 아까 시작된 대화를 이어나가는 중이었다.

"잔이 그 녀석을 붙잡으려고 하지 않아요." 그녀가 목청껏 외쳤다. "그래, 그래, 알았어." 사내가 말했다. "당신이 나오면 어차피 그 녀석을 다시 데려올 거라고 말해도, 도통 붙잡으려 하지 않는다고요."

마리 쪽에서도 레이몽이 내게 안부를 전하더라고 외쳤고, 나는 "고마워"라고 대답했다. 그러나 내 목소리는 내 옆의 사내가 "그 녀석은 잘 있어?"라고 묻는 소리에 묻혀버렸다. 그의 아내는 웃으면서 "그 어느 때보다도 건강해요"라고 말했다. 내 왼편에 있는, 손이 가늘고 키가 작은 청년은 아무 말이 없었다. 나는 그가 자그마한 노파와 마주 보고 있고, 둘이 서로 뚫어지 게 바라보고 있다는 것을 알았다. 그러나 나는 그들을 더 오래 관찰할 겨를이 없었는데, 그때 마리가 내게 희망을 가져야 한 다고 소리쳤기 때문이었다. 나는 "그래"라고 대답했다. 그러면 서 그녀를 바라보았고, 원피스 위로 드러난 그녀의 어깨를 끌어안고 싶은 욕망을 느꼈다. 나는 그 얇은 천을 만지고 싶었고, 그 천 이외에 무엇을 더 바라야 하는지 잘 알 수 없었다. 마리가 여전히 미소 짓고 있는 것을 보면, 그녀도 그런 말을 하고 싶은 것 같았다. 이제 내게는 그녀의 반짝이는 치아와 눈가의 잔주름들밖에 보이지 않았다. 그녀가 다시 외쳤다. "나오면 우리 결혼해!" 나는 "정말?" 하고 되물었는데, 그건 그저 아무 말이라도 하기 위해 한 말이었다. 그러자 그녀는 아주 빠르고, 여전히 아주 높은 목소리로 정말이라고, 나는 곧 풀려날 거라고, 그러면 다시 함께 수영하러 갈 거라고 말했다. 그러나 곁에 있던 여자가 목소리를 더 높이면서, 영치과에 바구니를 맡겼다고 말했다. 그러고는 그 속에 넣은 것들을 일일이 주워섬겼다. 그것들을 사느라고 돈이 많이 들었으니 확인해보아야 한다고 했다. 내 또 다른 이웃과 그의 어머니는 여전히 서로를 응시하고 있었다. 아랍인들의 웅얼거리는 소리는 우리 아래쪽에서 계속 울리고 있었다. 밖에서는 햇빛이 커다란 창을 밀어붙이며 잔뜩 부풀어 오르고 있는 것 같았다.

나는 몸이 조금 불편하게 느껴져서 그만 자리를 뜨고 싶었다. 소음을 견디기가 힘들었다. 그러나 다른 한편으로는 마리와 좀 더 함께 있고 싶었다. 시간이 얼마나 흘렀는지 모르겠다. 마리는 자기가 하고 있는 일에 관해 이야기하면서 계속해서 웃었다. 웅얼거리는 소리, 외치는 소리, 주고받는 말소리들이 서로 얽혀들었다. 내 옆에서 서로 마주보고 있는 이 가냘픈 청년과 노파 주변에만 유일하게 침묵의 섬이 자리 잡고 있었다. 아랍인들이 하나씩 불려나갔다. 첫 번째 아랍인이 나가자, 거의 모두가 말을 그쳤다. 키 작은 노파가 창살로 바싹 다가섰고, 그와 동시에 간수가 그녀의 아들에게 신호를 보냈다. 그가 "다음에 봐요, 엄마"라고 하자, 그녀는 창살 사이로 손을 내밀어 그에게 보일 듯 말 듯 느릿느릿 오래 이어지는 손짓을 했다.

노파가 나가고, 잠시 후 손에 모자를 든 남자가 들어와 자리에 앉았다. 곧 죄수 한 사람이 들어왔고, 두 사람은 열띠게 이야기를 나눴는데, 면회실이 다시 조용해졌기 때문에 그들의 목소리는 조용조용했다. 내 오른편의 사내가 불려 나갈 차례가 되자, 그의 아내는 이젠 소리를 지를 필요가 없다는 것을 알아차리지 못한 모양인지 목소리를 낮추지 않고 그에게 말했다. "몸 간수 잘하고 조심해요." 이어서 내 차례가 되었다. 마리는 내게 키스를 보내는 몸짓을 했다. 나는 면회실을 나서기 전에 뒤를 돌아보았다. 그녀는 여전히 어색하고 일그러진 미소를 지으며 얼굴로 창살을 누른 채 꼼짝도 않고 있었다.

마리가 편지를 보낸 것은 그로부터 얼마 지나지 않아서였다. 그리고 내가 결코 이야기 하고 싶지 않았던 일들이 벌어지기 시작된 것은 바로 그때부터였다. 어쨌거나 아무것도 과장해서는 안 되고, 그건 내게 다른 것들보다 쉬운 일이었다. 그런데 수감되었을 때 처음 한동안 가장 힘들었던 건 내가 자유로운 사람처럼 생각한다는 점이었다. 이를테면 해변으로 가서 바다에 몸을 담그고 싶은 욕구가 치솟곤 했다. 내 발 밑에서 파도가 일어나 일렁거리는 소리, 물속에 들어갈 때 몸에 와 닿는 감촉, 그때 느껴지는 해방감을 상상하는 순간, 나는 내 감방의 벽들이 얼마나 나를 옥죄고 있는지 갑작스레 절감했다. 하지만 그런 상태는 몇 달 동안만 지속되었다. 그 후로는 죄수로서의 생각밖에 없었다. 나는 날마다 마당에서 하는 산책이나 변호사의 방문을 기다렸다. 나머지 시간은 그런대로 잘 보낼 수 있었다. 그 당시에 나는, 심지어 내가 마른 나무 둥치 속에 넣어져서 오직 내 머리 위의 하늘에 매달린 꽃을 올려다보며 살아가야 했다고 하더라도 결국 그런 생활에 점차 익숙해졌으리라는 생각을 간혹 했다. 그랬다면 나는 새들이 지나가거나 구름들이 서로 만나는 것을 기다렸을 것이다. 마치 이곳에서 내 변호사의 희한한 넥타이들을 기다리듯이, 그리고 바깥세상에서 마리의 몸을 안을 수 있는 토요일을 참고 기다렸듯이. 그런데 가만 생각해보니, 나는 마른 나무 둥치 속에 들어 있는 게 아니었다. 나보다 더 불행한 사람들도 있었다. 하기야 우리는 모든 것에 익숙해지게 되어 있는데, 이건 엄마가 가지고 있던 생각이었고, 엄마는 간간이 그 말을 되풀이하곤 했던 것이다.

그러나 내가 심각한 지경에까지 이른 건 아니었다. 처음 몇 달 동안은 힘들었다. 그래도 어느 정도 노력을 기울이자 그럭저럭 시간을 보낼 수 있었다. 예컨대 여자에 대한 욕망이 나를 괴롭혔다. 나는 젊었기에 당연한 일이었다. 내가 특별히 마리만 생각한 건 아니었다. 어떤 여자, 여러 여자들, 내가 사귀었던 모든 여자들, 그리고 내가 그 여자들과 사랑을 나눈 모든 상황에 대한 생각에 온통 빠져 있다 보니, 내 감방은 그 모든 얼굴들로 가득 찼고 도처에서 내 욕망이 묻어났다. 어찌 보면 그건 나를 혼란스럽게 했다. 하지만 달리 보면 시간을 보내는 데 도움이 되었다. 그러던 중에 나는 배식 시간에 주방 소년을 대동하고 나타나는 간수장의 호감을 얻게 되었다. 여자 이야기를 먼저 꺼낸 것도 그였다. 그는 다른 죄수들이 가장 먼저 불평을 하는 것도 그거라고 말했다. 나는 그에게 나도 그들과 마찬가지고, 그런 조치는 부당하다고 생각한다고 말했다. 그러자 그가 말했다. "하지만 당신들을 감옥에 넣는 건 바로 그것 때문이지요." — "뭐라고요, 그것 때문이라니요?" — "그래요, 자유 말이에요, 그것 때문이라고요. 당신들에게서 자유를 빼앗는 거지요." 나는 한 번도 그런 생각을 해본 적이 없었다. 나는 그의 말에 동의하지 않을 수 없었다. "그 말이 맞아요. 그렇지 않으면 처벌의 의미가 어디 있겠어요?" — "그렇지요, 당신은 뭘 좀 아는군요. 다른 사람들은 그렇지 못하거든요. 여하튼 결국 자위로 해결해버리는 거지요." 그 말을 하고 나서 간수장은 가버렸다.

담배도 골칫거리였다. 수감되던 날, 나는 허리띠, 구두끈, 넥타이, 주머니에 들어 있는 모든 것, 특히 담배를 압수당했다. 감방에 넣어졌을 때, 나는 담배를 돌려달라고 요청했다. 하지만 흡연은 금지되어 있다고 했다. 처음 며칠은 무척 견디기 힘들었다. 아마도 나를 가장 곤란하게 만든 게 담배였을 것이다. 나는 내 침대 널판지에서 뜯어낸 나뭇조각을 빨곤 했다. 온종일 계속해서 구역질에 시달렸다. 나는 아무에게도 해가 되지 않는 것을 왜 내게서 빼앗아 갔는지 이해할 수가 없었다. 나중에 나는 그 또한 처벌의 일부라는 사실을 깨달았다. 하지만 그때는 이미 담배를 피우지 않는 데 익숙해져서, 그런 벌은 내게 이미 벌이 아니었다.

그런 불편한 점들을 제외하면, 나는 그다지 불행하지 않았다. 이제 또 다시 내게 가장 중요한 문제는 시간을 죽이는 것이었다. 하지만 기억을 떠올리는 법을 배운 순간부터 그 문제로 골머리를 앓는 일은 없게 되었다. 때때로 나는 내가 살던 방을 생각하곤 했는데, 상상 속에서 방 한쪽 구석에서 출발하여 한 바퀴 돌아 그곳으로 돌아오는 동안 도중에 마주치는 모든 것을 머릿속으로 헤아리곤 했다. 처음에는 그 과정이 금방 끝났다. 그러나 매번 반복할 때마다 조금씩 길어졌다. 왜냐하면 가구들 하나하나가 떠올랐고, 그 가구들 속에 들어 있는 물건들 하나하나가 떠올랐고, 그 물건들과 관련된 모든 세부적인 것들이 떠올랐고, 그 세부적인 것들 중에서도 때가 낀 부분, 벌어진 틈, 이 빠진 가장자리, 그리고 색깔이나 우툴두툴한 표면 같은 것들이 떠올랐기 때문이었다. 그와 동시에 나는 내 목록의 순서를 놓치지 않고 모든 것을 완벽하게 열거하고자 노력했다. 그래서 몇 주일 후에는, 내 방 안에 있는 것들을 헤아리는 것만으로도 몇 시간을 보낼 수 있었다. 그처럼 나는 곰곰이 생각하면 할수록 무시되고 잊어버렸던 것들을 더 많이 내 기억에서

끌어낼 수 있었다. 그때 나는 단 하루를 산 사람이라 해도 감옥에서 백 년을 어렵지 않게 살 수 있으리라는 것을 깨달았다. 기억할 거리가 충분해서 지루하지 않을 것이기 때문이었다. 어떤 의미에서 그것은 수감생활의 장점인 셈이었다.

또한 잠도 골칫거리였다. 처음에 나는 밤에 잠을 잘 자지 못했고, 낮에는 전혀 잘 수 없었다. 그러나 차츰 밤을 보내기가 수월해졌고, 낮에도 잘 수 있게 되었다. 심지어 마지막 몇 달 동안은 하루에 열여섯 시간에서 열여덟 시간을 잤다. 그러고 나면 나머지 여섯 시간은 식사와 용변, 그리고 회상하기와 체코슬로바키아 이야기*로 때웠다.

밀짚을 넣은 매트와 침대 판 사이에서 해묵은 신문지 조각을 발견했는데, 매트리스 천에 바싹 들러붙어 있어서 노랗게 바래고 낡아서 훤히 비칠 정도였다. 거기에는 사건 기사가 하나 실려 있었는데, 앞부분은 떨어져나갔지만 체코슬로바키아에서 일어난 일이 분명했다. 한 남자가 돈을 벌기 위해 체코슬로바키아의 작은 마을을 떠났다. 25년 후에 그는 부자가 되어 아내와 자식 하나를 데리고 돌아왔다. 그의 어머니는 그의 누이와 함께 고향마을에서 여관을 경영하고 있었다. 그들을 놀래

---

*아래에서 이야기되는 사건은 카뮈의 희곡 〈오해〉의 줄거리와 유사하다. 1957년 노벨문학상 수상 연설에서 카뮈는 자신의 작품 세계에 대한 계획을 설명하며 그 첫째로 부정(否定)을 들고, 그것을 세 가지 형식, 소설 《이방인》, 사상서 《시시포스의 신화》, 극 〈오해〉와 〈칼리굴라〉로 표현했다고 말했다.

주려고 그는 아내와 아이를 다른 여관에 머물게 하고서 어머니의 여관으로 갔는데, 그가 들어갔을 때 어머니는 그를 알아보지 못했다. 그는 장난삼아 방을 하나 잡을 생각을 했다. 그리고 자기가 가진 돈을 보여주었다. 밤중에 그의 어머니와 누이는 망치로 그를 살해하고 돈을 훔친 다음 시체를 강에 던져버렸다. 아침이 되자, 그런 사실을 모르고서 그의 아내가 찾아와 여행자의 신분을 밝혔다. 어머니는 목을 맸다. 누이는 우물 속에 몸을 던졌다. 나는 이 이야기를 수천 번은 족히 읽었다. 어찌 보면 있을 법하지 않은 이야기였다. 그러나 달리 보면 있을 수도 있는 이야기였다. 여하튼 그건 여행자가 자초한 일이고, 때문에 함부로 장난을 쳐서는 안 된다는 생각이 들었다.

그렇듯 잠을 자고 회상하고 신문 기사를 읽고 빛과 어둠이 바뀌는 동안에 시간이 흘러갔다. 감옥에서는 시간 개념을 잃게 된다는 이야기를 어디선가 읽은 적이 있었다. 하지만 그때는 그다지 깊이 생각해보지 않고 넘겨버렸다. 하루가 얼마나 짧아질 수 있고 또 길어질 수 있는지 알지 못했던 탓이었다. 하루하루는 물론 길지만, 너무 늘어지다 보면 서로 경계가 무너져버리고 마는 것이었다. 그렇게 되면 날들을 구별하는 건 부질없는 일이었다. 어제 혹은 내일 같은 말들만이 내게 의미가 있었다.

어느 날 간수로부터 내가 감옥에 들어온 지 다섯 달이 되었다는 말을 들었을 때, 나는 그 말을 믿지 못한 건 아니었지만 납득이 가지 않았다. 나는 늘 똑같은 나날을 감방 안에서 맞

앞고, 늘 똑같은 일과를 치렀을 따름이었다. 그날 간수가 떠난
후, 나는 양철 반합에 비친 내 얼굴을 들여다보았다. 내가 아무
리 미소를 지어 보이려 해도, 그 얼굴은 심각했다. 나는 반합을
들고 흔들어 보았다. 그러고는 웃어 보았지만, 내 얼굴은 여전
히 경직되고 슬픈 표정을 짓고 있었다. 날이 저물어갔고, 나로
서는 이야기하고 싶지 않은 시간, 무어라 이름 붙일 수 없는 시
간이 다가오고 있었는데, 이 시간에는 감옥 안의 모든 층에서
저녁의 소음이 곧 다가올 정적을 예고하며 천천히 위쪽으로 울
려오곤 했다. 나는 유리창 앞으로 다가가서, 석양을 받으며 다
시 한 번 내 모습을 바라보았다. 여전히 심각한 표정이었는데,
하기야 그때 내 심정이 그랬으니 그리 놀랄 일도 아니었다. 하
지만 바로 그때, 그리고 몇 달 만에 처음으로 나는 나 자신의
목소리를 똑똑히 들었다. 나는 그 소리가 이미 오래전부터 내
귓전에서 맴돌던 소리라는 것을 알았고, 그동안 줄곧 혼자 중
얼거리고 있었다는 것을 깨달았다. 그러자 엄마의 장례식 날,
간호사가 했던 말이 떠올랐다. 그렇다, 출구는 어디에도 없고,
감옥 안에서의 저녁나절이 어떠한지 아무도 상상할 수 없는 것
이다.

사실, 여름이 지나가더니 어느새 금방 여름이 다시 온 듯한 느낌이다. 나는 첫 더위가 시작되는 것과 더불어 내게 뭔가 새로운 일이 닥치리라는 것을 알고 있었다. 내 사건은 중죄재판소의 마지막 회기에 잡혀 있었는데, 그 회기는 유월에 끝나게 되어 있었다. 법정에서 심리가 시작되었을 때, 밖은 햇빛이 눈부셨다. 나의 변호사는 이삼일 내로 심리가 끝날 것이라고 내게 단언하고서 덧붙여 말했다. "게다가 당신 사건은 이번 회기에서 가장 중요한 게 아니어서, 법정에서도 서두를 거예요. 곧 바로 존속살해 사건을 다뤄야 하거든요."

나는 아침 일곱 시 반에 불려 나가서 호송차에 실려 법원으로 갔다. 그곳에서 경관 두 사람에 이끌려 좁고 어둠침침한 방으로 들어갔다. 우리는 문 가까이에 앉아 기다렸는데, 그 문 너머로 사람들의 목소리, 누군가를 부르는 소리, 의자 옮기는 소리, 그리고 온갖 떠들 법석한 소음이 들려왔고, 나는 그 소리를 들으면서 동네축제에서 음악 공연이 끝나고 춤을 추기 위해 홀을 정리하는 광경을 머리에 떠올렸다. 경관들은 내게 재판이 시작될 때까지 기다려야 한다고 말했고, 그들 중 하나가 담배를 권했지만 나는 거절했다. 잠시 후 그가 내게 "겁이 나느냐고" 물었다. 나는 아니라고 대답했다. 게다가 어떤 면으로는 재판을 구경하는 게 내게는 흥미로운 일이기도 했다. 그동안 살아오면서 한 번도 그럴 기회가 없었다. 그러자 다른 경관이 말했다. "흥미롭기는 하지만, 결국 진력이 나버리지요."

얼마간 시간이 흐른 후에, 종소리가 낮게 방 안을 울렸다. 그러자 경관들이 내 수갑을 풀어주었다. 그들은 문을 열고서 나를 피고석으로 들어가게 했다. 법정은 사람들로 꽉 차 있었다. 차양이 내려져 있었지만, 햇살이 곳곳에서 스며들고 있어서 실내 공기는 벌써부터 숨이 막힐 지경이었다. 창문들은 닫혀 있었다. 나는 자리에 앉았고, 경관들이 내 양쪽에 섰다. 그제야 나는 내 앞에 나란히 줄 지어 있는 얼굴들을 보았다. 모두가 나를 바라보고 있었는데, 나는 그들이 배심원이라는 것을 알았다. 그러나 그 얼굴들을 서로 구별 지어 주는 게 무엇이었는지 나는 말할 수 없다. 단지 한 가지 강한 인상을 받았는데, 마치 내가 전차의 긴 의자 앞에 서 있고 익명의 승객들이 새로 차에 올라탄 나에게서 뭔가 놀림거리를 찾기 위해 살펴보는 것 같았다. 나는 그게 어리석은 생각이었다는 것을 알고 있는데, 왜냐하면 그들이 찾고 있는 건 놀림거리가 아니라 범죄였기 때문이다. 그러나 사실 그 둘 사이의 차이는 크지 않았고, 아무튼 그런 생각이 머리를 스쳤다는 것이다.

또한 나는 이 닫힌 실내에 가득 들어찬 사람들을 보고서 조금 어리둥절했다. 방청석을 바라보아도, 어느 얼굴 하나 분간할 수 없었다. 처음에 나는 그 모든 사람들이 나를 보려고 몰려왔다는 사실을 깨닫지 못했던 게 아닌가 싶다. 평소에 사람들은 나라는 인간에게 관심을 두지 않았다. 내가 그런 모든 소란의 제공자라는 사실을 납득하기 위해서는 약간의 노력이 필요했다. 내가 경관에게 말했다. "사람들이 정말 많군요!" 그는 신문사 때문이라고 하면서, 배심원석 아래 탁자 주변에 모여 있는 한 무리의 사람들을 가리켰다. 그가 말했다. "저 사람들이에요." 내가 "누구라고요?"라고 묻자, 그는 다시 "신문기자들 말이에요"라고 대답했다. 그는 신문기자들 가운데 한 사람을 알고 있었는데, 그때 그 기자가 경관을 보고는 우리 쪽으로 다가왔다. 꽤 나이가 든 남자였는데, 호감이 가는 얼굴에 약간 상을 찡그리고 있었다. 그는 아주 반가워하면서 경관과 악수를 했다. 그 순간 나는 마치 클럽에서 같은 세계의 사람들이 서로 만나 즐거워하듯이, 이곳에 있는 모든 사람들도 아는 얼굴을 만나 서로 말을 건네고 이야기를 나눈다는 것을 알았다. 그런가 하면 나는 내가 불필요한 존재, 조금은 불청객 같은 이상한 느낌도 들었다. 그런데 기자가 웃으며 내게 말을 건넸다. 그는 모든 것이 내게 유리하게 진행되기를 바란다고 말했다. 내가 고맙다고 하자 그가 덧붙여 말했다. "우리들이 말이죠, 당신 사건을 약간 부풀렸어요. 여름은 신문에서 다룰 게 궁한 계절이잖습니까. 기사 거리가 될 만한 건 당신과 존속살해범 이야기밖에 없거든요." 그러고서 그는 방금 전에 함께 있던 사람들 중에서, 큼직한 검은 테 안경을 쓴, 살찐 족제비처럼 생긴 한 땅딸막한 사내를 가리켰다. 그는 그 사내가 파리에 있는 신문사에서 파견된 특파원이라고 말했다. "하기야 당신 때문에 온 건 아니지요. 그렇지만 존속살해범 소송을 취재하면서 당신 사건에 대한 기사도 함께 보내라고 했다는군요." 이번에도 나는 하마터면 그에게 고맙다고 말할 뻔했다. 하지만 그런 말을 하는 건 우스꽝스러운 일이라는 생각이 들었다. 그는 내게 살짝 다정한 손짓을 해 보이고는 우리 곁을 떠났다. 우리는 몇 분을 더 기다렸다.

나의 변호사가 법복 차림으로 여러 동료들 사이에 섞여 모습을 나타냈다. 그는 기자들 쪽으로 가서 악수를 했다. 그들은 농담을 하고 웃으면서 자기들 안방에라도 있는 듯한 태도를 보였는데, 그때 법정에서 종소리가 울렸다. 모두가 제자리로 돌아갔다. 나의 변호사는 내게로 와서 악수를 하고는, 질문을 받으면 간략하게 대답하고, 이쪽에서 먼저 말을 꺼내지 말고, 나머지는 자기에게 맡기라고 충고했다.

내 왼편에서 의자를 뒤로 물리는 소리가 들렸고, 나는 붉은 법복에 코안경을 쓴 키가 크고 호리호리한 사나이가 조심스레 옷을 여미며 앉는 것을 보았다. 검사였다. 그때 서기가 판사들의 입장을 알렸다. 그와 동시에 두 개의 커다란 선풍기가 윙윙거리며 돌아가기 시작했다. 둘은 검은색 법복을 입고 하나는 붉은색 법복을 입은 세 명의 판사가 서류를 들고 안으로 들어와서, 법정 전체가 한눈에 내려다보이는 판사석으로 서둘러 걸어갔다. 붉은색 법복을 입은 남자가 가운데 놓인 팔걸이의자에 앉더니, 모자를 벗어 앞에 내려놓고 손수건으로 조그만 대머리를 닦고 나서 개정을 선언했다.

기자들은 벌써 손에 펜을 들고 있었다. 그들은 하나같이 무심하고 조금은 냉소적인 표정이었다. 그런데 그들 중에서, 유난히 젊고 푸른색 넥타이에 회색 플란넬 양복을 입은 사내가 펜을 자기 앞에 내려놓고서 나를 바라보고 있었다. 약간 균형이 덜 잡힌 그의 얼굴에서, 내게는 아주 맑은 두 눈만이 보였는데, 그 두 눈은 주의 깊게 나를 살피면서도 뭐라고 잘라 말할 수 있는 어떤 표정도 드러내지 않고 있었다. 그래서인지 나는 마치나 자신의 눈으로 나를 바라보는 듯한 이상한 느낌이 들었다. 아마도 그런 느낌 때문에, 그리고 법정의 관례를 몰랐기 때문에, 나는 뒤이어 벌어진 모든 일들을 제대로 이해하지 못했다. 배심원단의 추첨, 재판장이 변호사와 검사와 배심원단에 던진 질문들(그때마다 모든 배심원들의 머리가 일제히 판사석 쪽으로 향했다), 내가 알고 있는 장소들과 사람들의 이름이 들어 있는 기소장의 빠른 낭독, 그리고 다시 내 변호사에게 제기된 질문들 등등.

이윽고 재판장이 증인 호출을 하겠노라고 말했다. 서기가 종이에 적힌 이름들을 읽었고, 그 이름들이 나의 주의를 끌었다. 나는 조금 전까지 분간이 되지 않던 방청객들 가운데서 사람들이 하나씩 일어서더니 옆문으로 사라지는 것을 보았다. 양로원 원장과 관리인, 토마 페레 영감, 레이몽, 마송, 살라마노, 마리. 특히 마리는 내게 근심어린 표정을 살짝 지어 보였다. 나는 그들을 좀 더 일찍 알아보지 못한 것에 다시 놀랐는데, 그때 끝으로 셀레스트가 호명되어 자리에서 일어났다. 나는 그의 곁에 전에 식당에서 만났던 자그마한 여자가 앉아 있는 것을 알아보았는데, 그녀는 여전히 그때와 같은 재킷을 입고 단호하고 확고한 표정을 짓고 있었다. 그녀는 뚫어지게 나를 바라보고 있었다. 그러나 더 생각할 겨를이 없었는데, 재판장이 발언을 시작했기 때문이었다. 그는 이제 곧 정식 변론이 시작될 것인데, 방청객들에게 새삼스럽게 정숙을 요청할 필요는 없을 것으로 생각한다고 말했다. 그의 말에 따르면, 자신은 심리를 공정하게 진행시키고자 그 자리에 있으며, 그러기 위해 객관적인 시각으로 사건을 보려 한다는 것이었다. 배심원들이 내리는 결정은 정의를 구현하는 정신에 입각하여 이루어질 것이며, 여하튼 사소한 소란이라도 발생할 시에는 방청객들을 퇴장시킬 것이라고 했다.

더위가 심해졌고, 나는 재판에 참석한 사람들이 신문으로 부채질하는 모습을 보았다. 그 때문에 종이가 바스락거리는 소리가 끊임없이 들려왔다. 재판장이 신호를 보내자 서기가 짚을 엮어 만든 부채를 세 개 가져왔고, 세 판사는 곧 부채질을 시작했다.

곧 나에 대한 심문이 시작되었다. 재판장은 차분하게, 다정하게까지 느껴지는 어조로 내게 질문했다. 또 다시 신분을 밝히라는 요구에 짜증이 나기는 했지만, 하기야 당연한 일이라는 생각이 들었는데, 왜냐하면 엉뚱한 사람을 재판하게 되면 실로 중대한 사태가 벌어지기 때문이었다. 이어서 재판장은 내가 한 행동에 대해 다시 이야기하기 시작하면서, 세 마디마다 내게 "이것이 사실입니까?"라고 물었다. 재판장이 상세하게 이야기를 늘어놓았던 탓에 시간이 오래 걸렸다. 나는 변호사가 시킨 대로 매번 "네, 재판장님"이라고 대답했다. 그러는 동안 내내 신문기자들은 뭔가를 적고 있었다. 나는 그들 중에 가장 젊은 기자와 그 작은 자동인형 같은 여인의 시선이 나를 향해 있는 것을 느꼈다. 전차의 긴 의자에 앉아 있는 사람들은 모두 재판장 쪽으로 고개를 향하고 있었다. 재판장은 헛기침을 하고서 서류를 뒤적이더니 부채질을 하며 내게로 눈길을 돌렸다.

재판장은 이제부터 겉으로는 나의 사건과 무관해 보이지만, 어쩌면 매우 밀접하게 연관된 문제를 다룰 것이라고 내게 말했다. 나는 그가 또 엄마 이야기를 하려 한다는 것을 알아차렸고, 그러자 그것이 얼마나 성가신 일인지 느낄 수 있었다. 그는 내게 왜 엄마를 양로원에 넣었느냐고 물었다. 나는 엄마를 부양하고 보살필 돈이 없었기 때문이라고 대답했다. 그는 내게 그러고도 아무렇지 않았느냐고 물었고, 나는 엄마도 나도 더 이상 서로에게 바라는 게 없었고, 더욱이 다른 사람들에게도 바라는 바가 없었거니와, 우리는 각기 새로운 생활에 익숙해졌다고 대답했다. 그러자 재판장은 그 점에 대해 더 이상 문제 삼지 않겠다고 하고서, 검사에게 다른 질문이 없느냐고 물었다.

검사는 나를 보지도 않고 내게 반쯤 등을 돌린 채, 재판장님이 허락하신다면 내가 아랍인을 죽일 의도로 혼자 샘으로 돌아갔는지 알고 싶다고 말했다. 나는 "아니요"라고 대답했다. "그렇다면 저 사람은 왜 무기를 지니고 있었고, 왜 굳이 그곳으로 돌아간 걸까요?" 나는 단지 우연이었다고 대답했다. 그러자 검사는 불편한 심기를 드러내며 말을 던졌다. "지금으로서는 이 정도입니다." 그 후로는 모든 게 내가 보기에 약간 혼란스러웠다. 그러나 잠시 귀엣말을 나눈 후에 재판장은 증인 심문은 오후에 있을 것이라고 하고서 휴정을 선언했다.

나는 미처 생각해 볼 겨를이 없었다. 나는 경관들에게 이끌려서 호송차에 태워졌고, 감옥으로 가서 점심을 먹었다. 얼마 지나지 않아서, 내가 피곤하다고 느끼기 시작할 무렵에 경관들이 다시 나를 데리러 왔다. 모든 것이 다시 시작되었고, 나는 같은 방에서 같은 얼굴들 앞에 앉게 되었다. 단지 더위가 훨씬 더 심해졌고, 마치 기적이라도 일어난 것처럼 모든 배심원들과 검사, 변호사 그리고 몇몇 기자들도 짚으로 엮은 부채를 손에 들고 있었다. 젊은 기자와 그 자그마한 여자도 여전히 그 자리에 있었다. 그러나 그들은 부채질을 하지 않았고, 여전히 아무 말 없이 나를 바라보고 있었다.

나는 얼굴에 흐르는 땀을 닦았고, 양로원 원장의 이름이 호명되었을 때에야 비로소 내가 있는 장소와 나 자신에 대한 의식을 조금 되찾았다. 엄마가 나에 대해 불평을 하더냐는 질문을 받자, 원장은 그렇다고 하고는, 하지만 양로원 노인들은 거의 습관적으로 가족들에 대해 불평하기 마련이라고 대답했다. 재판장이 내가 엄마를 양로원에 넣은 데 대해 엄마가 나를 탓했는지 여부를 분명히 밝히라고 하자, 원장은 다시 그렇다고 말했다. 그러나 이번에는 아무 말도 덧붙이지 않았다. 또 다른 질문에 대해 그는 장례식 날에 내가 무덤덤한 것을 보고 놀랐다고 대답했다. 재판장은 무덤덤했다는 말이 무슨 뜻인지 물었다. 그러자 원장은 구두코를 내려다보면서, 내가 엄마의 시신을 보려 하지 않았고, 한 번도 눈물을 흘리지 않았으며, 장례식이 끝나자마자 엄마의 무덤에 참배도 올리지 않고 곧바로 떠났다고 말했다. 그를 놀라게 한 일이 하나 더 있었는데, 장의사 직원들 중의 한 사람이 하는 말이 내가 엄마의 나이를 모르더라는 것이었다. 잠시 침묵이 흐른 뒤, 재판장은 원장에게 그가 한 말이 나에 대한 게 분명하냐고 물었다. 원장이 그 질문의 뜻을 이해하지 못하자, 재판장은 "재판 진행상의 절차입니다"라고 말했다. 그러고서 그는 증인에게 질문할 게 없냐고 검사에게 물었다. 검사는 "아, 없습니다. 이 정도로 충분합니다"라고 외쳤는데, 그 목소리가 어찌나 당당하고 내 쪽으로 향한 그의 눈길이 어찌나 의기양양한지, 그곳에 있는 모든 사람들이 나를 몹시 미워하고 있다는 사실을 절감하지 않을 수 없어서, 나는 실로 오랜만에 처음으로 울고 싶은 바보 같은 마음이 들었다.

재판장은 배심원들과 나의 변호사에게 질문할 게 없냐고 묻고 나서, 양로원 관리인을 증인석으로 불렀다. 다른 증인들과 마찬가지로 그에게도 같은 절차가 반복되었다. 관리인은 앞으로 나오면서 나를 한 번 바라보고는 눈길을 돌렸다. 그는 질문들에 차례로 대답했다. 그는 내가 엄마를 보고 싶어 하지 않았고, 담배를 피웠고, 잠을 잤고, 밀크커피를 마셨다고 말했다. 그때 나는 법정 전체의 분위기가 술렁이는 것을 느꼈고, 처음으로 내가 죄인임을 깨달았다. 재판장은 관리인에게 밀크커피와 담배 이야기를 한 번 더 되풀이하도록 했다. 검사는 조롱 섞인 눈빛으로 나를 바라보았다. 그때 나의 변호사가 관리인에게 그도 나와 함께 담배를 피우지 않았느냐고 물었다. 그러나 그 질문을 듣고 검사가 자리에서 벌떡 일어났다. "도대체 지금 범죄자가 누굽니까? 그리고 원고 측의 증인들을 욕되게 하여 증언을 깎아내리려는 이 수작은 또 뭡니까? 그런다고 증언이 흔들리는 것도 아닌데 말입니다." 그럼에도 불구하고 재판장은 관리인에게 변호사의 질문에 대답할 것을 요구했다. 노인은 당황한 기색으로 말했다. "제가 잘못했다는 걸 잘 압니다. 하지만 저분이 담배를 권해서 거절할 수 없었습니다." 끝으로 재판장은 내게 덧붙일 말이 없느냐고 물었다. 나는 대답했다. "없습니다. 다만, 증인의 말은 옳습니다. 제가 담배를 권한 건 사실이니까요." 그러자 관리인은 약간 놀라면서 고마워하는 듯한 기색으로 나를 바라보았다. 그러고는 잠시 망설이다가 밀크커피를 권한 건 자기라고 말했다. 나의 변호사는 기세등등한 목소리로, 배심원들은 이 점을 참작해야 한다고 잘라 말했다. 그러나 검사의 쩌렁쩌렁한 목소리가 우리의 머리 위로 울려 퍼졌다. "그렇습니다. 배심원들께서는 참작하실 겁니다. 또한 배심원들께서는 남이야 커피를 권할 수 있지만, 아들이라면 자기를 낳아준 어머니의 시신 앞에서 커피를 거절해야 마땅하다는 결론을 내리실 것입니다." 관리인은 자기 자리로 돌아갔다.

토마 페레의 차례가 되었을 때는, 서기가 그를 증인석까지 부축해야 했다. 페레는 어머니와 잘 알고 지냈지만, 나를 장례식 날 단 한 번 보았을 뿐이라고 말했다. 그날 내가 어떻게 행동했느냐고 묻자, 그가 대답했다. "저는 말이죠, 그날 너무 마음이 아팠습니다. 그래서 아무것도 보지 못했어요. 슬픔 때문에 볼 수가 없었지요. 제게는 너무도 큰 상실이었으니까요. 심지어 기절까지 했습니다. 그래서 저는 저 분을 제대로 볼 수 없었어요." 검사는 그렇다 하더라도 내가 우는 것 정도는 보지 못했느냐고 물었다. 페레는 보지 못했다고 대답했다. 그러자 검사가 말했다. "배심원들께서는 이 점을 참작하셔야 합니다." 그러나 나의 변호사는 기분이 상했다. 그는 내가 보기에도 지나치게 과장된 목소리로 페레에게 그럼 내가 "울지 않는 걸 보았느냐"고 물었다. 페레가 대답했다. "보지 못했습니다." 방청객들이 웃었다. 내 변호사는 한쪽 소매를 걷어붙이면서 단호한 어조로 말했다. "이것이 바로 이 재판의 실상입니다. 모든 게 사실이고, 또 어느 것도 사실이 아닙니다." 검사는 얼굴이 굳어진 채 연필로 서류의 제목 부분을 연신 찔러대고 있었다.

5분 동안 휴정했을 때, 나의 변호사는 모든 게 잘 풀리고 있다고 말했고, 곧 이어 피고 측 증인으로 셀레스트의 증언을 들었다. 피고란 바로 나를 말하는 것이었다. 셀레스트는 간간이 내 쪽을 힐끔거리며 두 손으로 밀짚모자를 빙글빙글 돌리고 있었다. 그는 새 양복을 입고 있었는데, 가끔 일요일에 나와 함께 경마장에 갈 때 입던 옷이었다. 그러나 칼라는 달 수 없었던 모양인지, 구리 단추 하나로 셔츠의 목 부분을 채우고 있었다. 내가 그의 식당 손님이었느냐는 질문에 그는 "네, 하지만 또 친구이기도 했습니다"라고 대답했다. 나를 어떻게 생각하느냐고 묻자, 그는 내가 사나이라고 했고, 사나이라는 게 무슨 뜻이냐고 묻자, 세상 사람들 모두가 그 말이 무슨 뜻인지 안다고 잘라 말했으며, 또 평소에 내게서 내성적인 면이 눈에 자주 띄었느냐고 묻자, 내가 불필요한 말을 하지 않는 사람이라고 생각했을 따름이라고 말했다. 내가 음식 값을 제대로 치렀느냐고 검사가 묻자, 셀레스트는 웃고 나서 간단히 대답했다. "그건 우리 사이의 사사로운 일입니다." 검사는 다시 내가 저지른 범죄에 대해 어떻게 생각하느냐고 물었다. 그러자 그는 증언대 위에 손을 올려놓았는데, 뭔가 할 말을 준비한 게 분명했다. 그가 말했다. "제가 보기에 그건 단지 불운이었습니다. 세상 사람들 모두가 불운이라는 말이 무슨 뜻인지 압니다. 불운 앞에서는 어쩔 도리가 없습니다. 에, 그러니까 내가 보기에 그건 불운이라는 말입니다." 그가 말을 계속하려 했으나, 재판장이 그만하면 됐다고 하면서 고맙다고 말했다. 그러자 셀레스트는 약간 당황한 모습으로 서 있었다. 그러더니 좀 더 말하고 싶다고 했다. 재판장은 간단히 끝내달라고 했다. 셀레스트는 다시 그건 불운이었다는 말을 되풀이했다. 그러자 재판장이 그에게 말했다. "네, 알겠습니다. 하지만 우리는 바로 그런 불운을 재판하기 위해 이곳에 있는 것입니다. 수고했습니다." 셀레스트는 나름대로 온갖 궁리를 다하여 선의를 발휘했다는 표정을 지으며 내 쪽으로 고개를 돌렸다. 내가 보기에 그는 두 눈이 물기로 반짝이고 입술이 떨리는 것 같았다. 자기가 할 수 있는 게 더 무엇이 있는지 내게 묻는 듯한 모습이었다. 나는 아무 말도 하지 않았고 아무런 몸짓도 보이지 않았지만, 난생 처음으로 한 남자를 껴안고 싶은 마음이 들었다. 재판장은 다시 그에게 증인석에서 내려가라고 요구했다. 셀레스트는 방청석으로 가서 앉았다. 그는 심문이 진행되는 동안 내내 몸을 약간 앞으로 기울여 양쪽 무릎에 두 팔꿈치를 괴고, 밀짚모자를 양손으로 잡은 채 오가는 모든 말에 귀를 기울이며 그 자리에 앉아 있었다. 마리가 들어왔다. 그녀는 모자를 쓰고 있었고, 여전히 아름다웠다. 그러나 나는 그녀가 머리카락을 늘어뜨린 모습이 더 좋았다. 내가 앉아 있는 곳에서도 그녀 가슴의 가벼운 무게감을 느낄 수 있었고, 늘 약간 부풀어 올라 있는 아랫입술을 자세히 바라볼 수 있었다. 그녀는 무척 불안한 기색이었다. 곧 그녀는 나를 안 지 얼마나 되었냐는 질문을 받았다. 그녀는 우리가 회사에서 함께 일하던 시기가 언제였는지 밝혔다. 재판장은 나와 어떤 사이였는지 알고자 했다. 그녀는 친구 사이라고 말했다. 그 다음 질문에 대해서는, 나와 결혼하려 한 게 사실이라고 대답했다. 서류를 뒤적이고 있던 검사가 갑작스레 언제부터 우리 관계가 시작되었느냐고 물었다. 그녀가 날짜를 말했다. 검사는 짐짓 무심한 표정으로 그날은 엄마의 장례식 다음 날인 것 같다고 지적했다. 그러고는 약간 빈정거리는 어조로, 자기로서는 미묘한 문제를 들추고 싶지 않고, 마리의 거북한 심정을 충분히 이해하지만, (여기에서 그의 말투는 훨씬 딱딱해졌다) 자신의 의무를 다하기 위해서는 무례를 범하지 않을 수 없다고 말했다. 그러고는 마리에게 내가 그녀를 만났던 날에 있었던 일들에 대해 말해 달라고 요구했다. 마리는 말하고 싶어 하지 않았으나, 검사의 강요에 못 이겨, 해수욕을 하고 영화를 보고 함께 나의 집으로 갔다고 말했다. 검사는 수사 과정에서 마리의 진술에 근거하여 그날의 영화 프로그램을 조사해보았다고 말했다. 그러고는 마리 자신이 그날 어떤 영화가 상영되었는지 말해주기 바란다고 덧붙였다. 그녀는 잔뜩 위축된 목소리로 페르낭델의 영화였다고 밝혔다. 그녀가 말을 마치자 법정에는 무거운 침묵이 내려앉았다. 그때 검사가 자리에서 일어나더니 무척 심각한 표정을 지으며, 내가 듣기에도 실로 감동적인 목소리로, 손가락을 내 쪽으로 향한 채 천천히 또박또박 끊어 말했다. "배심원 여러분, 어머니가 돌아가신 다음 날, 이 남자는 해수욕을 하고, 부적절한 관계를 맺기 시작했고, 희극 영화를 보며 시시덕거렸습니다. 나로서는 더 이상 할 말이 없습니다." 여전히 침묵이 흐르는 가운데 그는 자리에 앉았다. 그때 갑자기 마리가 울음을 터뜨리면서, 그게 아니라고, 다른 일들도 있었다고, 자기가 생각하는 것과는 반대로 말하도록 강요당했다고, 자기는 나를 잘 알고 있고 내가 어떤 나쁜 짓도 하지 않았다고 말했다. 그러나 재판장이 신호를 보내자, 서기가 그녀를 데리고 나갔고, 심문은 계속되었다.

뒤이어 마송이 나왔는데, 그에게서는 내가 점잖은 사람이고, "그리고 그 뿐만 아니라 선량한 사람"이라는 정도의 말을 들었을 뿐이었다. 살라마노의 경우도 마찬가지였는데, 그는 내가 자기 개에게 잘 대해주었다고 말했고, 엄마와 나에 관한 질문에 대해서는, 내가 더 이상 엄마에게 할 말이 없었고, 그래서 엄마를 양로원에 모셨다고 대답했다. 그는 "이해해야 합니다. 이해해야 합니다"라고 말했다. 하지만 아무도 이해하는 것 같지 않았다. 서기가 그를 데리고 나갔다.

　마지막 증인으로 레이몽의 차례가 되었다. 레이몽은 내게 살짝 손짓을 해 보이고는 곧바로 내게 죄가 없다고 말했다. 그러나 재판장은 그의 의견을 들으려는 게 아니라 사실들을 확인하려는 것이라고 잘라 말했다. 그러고는 질문을 받은 후에 대답하라고 주의를 주었다. 그와 피살자 사이의 관계를 정확히 밝히라는 요구가 있었다. 레이몽은 그 말을 듣자마자 피살자가 미워한 사람은 바로 자신인데, 자기가 그 남자 누이의 뺨을 때렸기 때문이라고 말했다. 그러나 재판장은 피살자가 나를 미워할 이유는 없었느냐고 물었다. 레이몽은 내가 해변에 있었던 것은 우연의 결과였다고 말했다. 그러자 검사는 이 살인극의 발단이 된 편지가 어떻게 나의 손으로 쓰이게 되었느냐고 그에게 물었다. 레이몽은 그것도 우연이었다고 대답했다. 검사는 이 사건의 책임이 누구에게 있는지 밝히는 과정에서 우연이라는 게 이미 많은 잘못을 저질렀다고 반박했다. 그는 레이몽이 정부의 뺨을 때렸을 때 내가 말리지 않은 것도 우연인지, 내가 경찰서에서 증인으로 나섰던 것도 우연인지, 그리고 또 그때 내 증언이 순전히 레이몽을 두둔하는 내용이었던 것도 우연인지 알고 싶다고 했다. 끝으로 그가 레이몽에게 생계수단이 무엇이냐고 물었고, 그가 "창고업자입니다"라고 대답하자, 검사는 배심원들에게 증인의 직업이 포주라는 건 공공연히 알려진 사실이라고 밝혔다. 그가 보기에 나는 그의 공모자이자 친구였다. 따라서 가장 저질의 추악한 사건이며, 게다가 피고가 패륜아라는 사실로 인해 더 문제가 크다는 것이었다. 레이몽이 반론을 펴려 했고 내 변호사도 항의했지만, 재판장은 그들에게 검사가 말을 마칠 수 있게 하라고 말했다. 검사는 "덧붙일 말이 없습니다"라고 말하고 나서, 레이몽에게 "피고가 당신의 친구였습니까?"라고 물었다. 레이몽이 대답했다. "네, 제 친구였습니다." 곧 검사는 내게도 같은 질문을 했고, 나는 레이몽을 바라보았는데, 레이몽도 나를 빤히 바라보고 있었다. 나는 "네"라고 대답했다. 그러자 검사는 배심원들 쪽을 향하여 단호하게 말했다. "어머니가 타계한 다음 날 너무도 난잡한 난봉을 피운 바로 그 인간이, 하찮은 이유로 입에 담기도 민망한 치정 사건을 처리하기 위해 사람을 죽인 것입니다."

그러고서 그는 자리에 앉았다. 그러나 참다못한 나의 변호사는 두 팔을 쳐들며 소리쳤고, 그 바람에 소매가 흘러내리면서 풀 먹인 셔츠의 구겨진 부분이 훤히 드러났다. "도대체 피고는 어머니의 장례를 치렀기 때문에 기소된 것입니까, 아니면 살인을 했기 때문에 기소된 것입니까?" 방청객들이 웃었다. 그러나 검사가 다시 일어서더니 법복을 한 번 펄럭이고는, 존경하는 변호사님께서 너무도 순진하여 그 두 사건 사이에 깊고

비장하고 본질적인 관계가 있다는 것을 느끼지 못하는 것이라고 잘라 말했다. 그러고는 힘을 주어 외쳤다. "그렇습니다. 저는 이 남자가 범죄자의 마음을 가지고 어머니의 장례를 치렀기 때문에 기소하는 것입니다." 이 발언은 방청객들에게 강한 인상을 남긴 듯했다. 나의 변호사는 어깨를 으쓱해 보이고는 이마에 맺힌 땀을 닦았다. 그러나 그 자신도 동요된 기색이었고, 나는 상황이 내게 결코 유리하지 않게 돌아가고 있다는 것을 깨달았다.

　이윽고 폐정이 되었다. 법원을 나와 호송차에 오를 때, 나는 짧은 순간 여름 저녁의 냄새와 색깔을 감지했다. 호송차의 어두컴컴한 감옥 안에서, 내가 좋아했던 도시의 모든 친숙한 소리들, 시시각각으로 내게 만족감을 느끼게 하던 그 소리들이, 마치 내 피곤한 육체의 밑바닥에서부터 되살아나듯, 하나씩 내게 들려왔다. 저녁 무렵의 부드러운 대기 속에서 신문팔이들이 외치는 소리, 작은 공원에서 새들이 마지막으로 우짖는 소리, 샌드위치 장수들이 호객하는 소리, 전차가 도시의 언덕 길모퉁이를 지나며 신음하듯 내는 소리, 그리고 항구 위로 밤이 내리기 전에 허공으로 울려 퍼지는 도시의 소음, 그 모든 소리들이 내가 감옥에 들어오기 전에 익히 알고 있던 거리를 따라 나를 소경처럼 이끌어주었다. 그렇다, 아주 오래전에 나는 하루 중 이 무렵을 특히 좋아했다. 곧 꿈도 없는 가벼운 잠을 앞두고 있는 시간이었다. 그러나 이제는 뭔가가 달라져버렸는데, 다음

날을 기다려 보아도 내가 마주할 것은 나의 감방이기 때문이
다. 마치 여름 밤하늘에 새겨진 친숙한 길들이 순결한 잠뿐만
아니라 감옥으로도 이어져 있듯이 말이다.

4

피고석에 앉아 있는 상황에서도 사람들이 자기 이야기를 하는 것을 듣는 것은 여전히 흥미로운 일이다. 검사와 변호사 사이에서 논고와 변론이 이루어지는 동안 나에 대해 많은 말이 오갔는데, 정작 내 죄에 대해서보다도 나 자신에 대해 훨씬 많은 말을 했다는 느낌이 든다. 그런데 검사의 논고와 변호사의 변론이 정말 그렇게 달랐던 것일까? 변호사는 팔을 쳐들면서 유죄를 인정하되 정상참작을 주장했다. 검사는 두 손을 내뻗으며 유죄를 강조하면서 정상참작의 여지가 없다고 단언했다. 하지만 막연하게나마 한 가지 사실이 내 심기를 불편하게 했다. 우려가 되면서도 간간이 나는 그들 사이에 개입하려 했는데, 그때마다 변호사가 내게 말했다. "잠자코 있어요. 사건을 위해서도 그 편이 좋아요." 어찌 보면 나를 빼놓고 사건을 다루고 있는 듯한 분위기였다. 모든 게 내가 개입할 여지가 없이 진행되고 있었다. 내 의견이 고려되지도 않은 채 나의 운명이 결정되는 중이었다. 때때로 나는 사람들의 말을 가로막고서 말하고 싶었다. "그런데 대체 누가 피고입니까? 피고는 중요한 존재입니다. 나도 할 말이 있다는 말입니다." 그러나 곰곰이 생각해보면, 내게는 할 말이 아무것도 없었다. 더욱이 주변 사람들에게 관심을 갖는 데서 얻는 흥미는 그리 오래 지속되지 않는다는 것을 인정해야 한다. 예컨대 검사의 논고는 금방 나를 무척 따분하게 했다. 나의 주의를 끌거나 흥미를 유발한 것은 단지 말 몇 토막이나 몸짓, 혹은 전반적인 흐름과는 동떨어진 장광설뿐이었다.

내가 제대로 이해한 것이라면, 검사의 기본적인 입장은 내가 범죄를 사전에 계획했다는 것이었다. 적어도 그는 그 점을 입증하려 애썼다. 그 자신이 이렇게 말했다. "여러분, 제가 증거를 대도록 하겠고, 그것도 두 가지 맥락에서 밝혀보도록 하겠습니다. 우선, 너무도 명백한 사실에 비추어서, 그리고 다음으로는 범죄를 저지른 이 영혼 속에 들어 있는 음험한 심리 상태에 입각해서 말입니다." 검사는 엄마가 죽은 시기부터 시작하여 사실들을 다시 정리했다. 그는 내가 무덤덤했다는 것, 엄마의 나이를 몰랐다는 것, 다음 날 여자와 해수욕을 했다는 것, 페르낭델의 영화를 보았다는 것, 그리고 끝으로 마리와 함께 집으로 돌아왔다는 점을 상기시켰다. 그때 그가 "그의 정부"라는 말을 했고, 나는 이해하는 데 잠시 시간이 걸렸는데, 그것은 마리를 가리키는 말이었다. 그러고서 그는 레이몽의 이야기로 넘어갔다. 내가 보기에 그가 세부적인 사건들을 바라보는 방식에 설득력이 없다고는 할 수 없을 것 같았다. 그의 말은 그럴 듯했다. 나는 레이몽과 작당하여 그의 정부를 꾀어내, 그녀를 '도덕성이 의심스런' 한 남자의 악랄한 손아귀에 넘겨주기 위해 편지를 썼다. 해변에서 나는 레이몽의 적수들에게 시비를 걸었다. 그 바람에 레이몽이 다쳤다. 나는 그에게 총을 달라고 했다. 그러고는 그 총을 사용할 생각을 품고 혼자 되돌아갔다. 계획했던 대로 나는 그 아랍인을 죽였다. 그러고서 잠시 기다렸다. 이윽고 나는 '일을 제대로 마무리하기 위해', 침착하고 확실하게, 어느 정도 자기 행동을 스스로 의식하면서 네 발을 더 발사했다.

검사가 말했다. "자 여러분, 이상과 같습니다. 저는 이 사람이 고의적으로 살인을 하기에 이른 일련의 정황을 여러분 앞에서 되짚어 보았습니다. 저는 제 입장이 옳다고 확신합니다. 왜냐하면 흔히 일어나는 살인, 여러분께서 정상참작의 여지가 있다고 판단할 수도 있는 우발적인 행위가 아니기 때문입니다. 여러분, 이 사람은, 이 사람은 말입니다, 똑똑합니다. 이자가 하는 말을 여러분도 들으시지 않으셨습니까? 이자는 상대방의 말에 응수하는 법을 압니다. 말을 교묘하게 하는 법을 잘 알고 있습니다. 그렇기 때문에 자기가 무슨 짓을 저지르는지 모르는 상태에서 행동을 했다고는 말할 수 없는 것입니다."

나는 귀를 기울이고 있다가 내가 똑똑하다는 말을 들었다. 그러나 어떻게 보통 사람에게는 장점인 것이 죄인에게는 결정적인 비난의 대상이 되는 것인지 이해할 수 없었다. 여하튼 그 말은 내게 충격을 주었고, 그래서 그의 말을 더 이상 듣지 않았는데, 얼마 후 그가 이렇게 말하는 게 들렸다. "이자가 후회하는 빛을 보이기라도 했습니까? 전혀 그러지 않았습니다, 여러분. 수사 과정에서도 자신의 가증스러운 범행을 뉘우치는 기색이 단 한 번도 없었습니다." 그 순간 그는 내 쪽으로 돌아서서 손가락으로 나를 가리키며 계속하여 내게 비난을 퍼부었는데, 사실 나는 왜 그러는지 잘 이해가 가지 않았다. 어찌 보면 나는 그의 말이 옳다는 것을 인정하지 않을 수 없었다. 나는 내 행동을 그다지 후회하지 않았기 때문이다. 하지만 그렇게까지 격한 반응을 보이는 데는 놀라지 않을 수 없었다. 나는 그에게 충심으로, 거의 애정을 품고서, 정말로 뭔가를 후회해본 적이 없다는 사실을 밝히고 싶었다. 나는 항상 앞으로 닥칠 일, 오늘 혹은 내일에만 관심이 있었다. 그러나 당연한 말이지만 내가 처한 상황에서는 아무에게도 그런 어투로 말할 수는 없는 노릇이었다. 내게는 다정스런 모습을 보이거나 선한 마음을 가질 권리가 없는 것이다. 그때 검사가 나의 영혼에 대해 말하기 시작했기 때문에, 나는 다시 귀 기울여 보려고 애를 썼다.

그는 내 영혼을 들여다보았는데, 배심원 여러분, 그 속에 아무엇도 없더라고 말했다. 계속해서 그는, 사실상 내게는 영혼이라는 게 아예 없고, 인간적인 면은커녕, 사람다운 심성을 지켜주는 도덕적인 신조도 전혀 찾아볼 수 없었다고 말했다. 그러고는 덧붙여 말했다. "아마도 우리는 그렇다고 이 사람을 비난할 수는 없을 것입니다. 스스로 갖춰야 할 것이 결핍되어 있다고 해서 이 사람을 탓할 수도 없습니다. 하지만 적어도 이 법정에서는 관용이라는 소극적인 미덕이 그보다는 더 어려운, 그러나 훨씬 고귀한 정의의 미덕으로 승화되어야 합니다. 특히 이 사람에게서 볼 수 있는 텅 빈 영혼이 사회 전체를 집어삼키는 깊은 구렁이 될 수 있는 경우에는 더더욱 그러합니다." 이어서 그는 엄마에 대한 나의 태도에 대해 말했다. 그는 증인심문 중에 했던 말을 되풀이했다. 그러나 그 말이 내 죄에 대해 말할 때보다 훨씬 더 길었는데, 어찌나 길게 끄는지 결국 나는 아침녘의 더위밖에는 아무것도 느낄 수 없었다. 그러더니 검사는 마침내 말을 멈추고 잠시 침묵을 지킨 후에 아주 낮고 무척 확신에 찬 목소리로 다시 말했다. "여러분, 내일 바로 이 법정에서는 부친 살해라는 더할 나위 없이 가증스런 범죄에 대한 재판이 열릴 것입니다." 그의 말에 따르면, 이 흉악한 범죄 앞에서는 상상력조차 무력해진다는 것이었다. 그는 인류의 정의가 가차 없는 처벌을 내리기를 감히 바라마지 않는다. 그러나 그는 이 범행이 그에게 불러일으키는 혐오감은 나의 무감각함 앞에서 느끼는 혐오감에 비하면 아무것도 아님을 서슴없이 말할 수 있노라고 했다. 또 그의 말에 따르면, 도의적으로 자기 어머니를 죽인 자는 자기를 낳아준 아버지를 자기 손으로 죽인 자와 비교할 때 인간들의 사회를 저버리기는 마찬가지였다. 두 경우를 놓고 보면, 앞의 행동이 뒤의 행위를 예고할 뿐만 아니라, 어떤 점에서는 유발하고 정당화하는 셈이라는 것이었다. 그가 목소리를 높여서 말을 이었다. "여러분, 확신하건대, 제가 피고석에 앉아 있는 저 사람이 내일 본 법정에서 심판하게 될 살인죄에 대해서도 유죄라고 말한다고 해도, 여러분께서는 제 생각이 지나치다고 여기지는 않으실 것입니다. 따라서 피고는 그 점에서도 벌을 받아야 할 것입니다." 여기서 검사는 땀으로 번들거리는 얼굴을 닦았다. 그러고는 자기 의무가 괴롭기는 하지만 단호하게 완수할 것이라고 말했다. 그는 내가 사회의 가장 기본적인 규범을 무시하고 있으므로 그 사회와는 전혀 무관한 존재이며, 인간 심성의 가장 초보적인 반응도 할 줄 모르는 터라 그런 것에 호소할 수도 없다고 잘라 말했다. "저는 여러분께 이 사람의 목을 요구하며, 그러면서도 제 마음은 가볍기만 합니다. 왜냐하면, 지금까지 오랫동안 검사로 재직하면서 몇 차례 사형을 구형한 적이 있지만, 오늘처럼 이 괴로운 의무가 절대적이고 성스러운 계율을 실천한다는 책임감으로, 그리고 끔찍한 괴물로 밖에는 보이지 않는 한 인간의 얼굴 앞에서 느끼는 증오심의 이름으로 보상받고 상쇄되고 의미를 부여받는다고 느낀 적은 결코 없기 때문입니다.

검사가 자리에 앉고 나서 꽤 오래 침묵이 흘렀다. 나는 더위와 충격 때문에 정신이 멍했다. 재판장이 헛기침을 몇 번 한 뒤 내게 덧붙일 말이 없느냐고 물었다. 나는 일어섰고, 뭔가 말하고 싶었으므로 그저 입에 담기는 대로, 아랍인을 죽이려는 의도는 없었다고 말했다. 재판장은 그건 나의 주장일 뿐이라고 하고서, 지금까지 자기는 내 변론의 요지를 잘 파악하지 못했으니, 내 변호사의 말을 듣기 전에 내 행동을 유발한 동기에 대해 나 스스로 분명히 밝혀주면 좋겠다고 말했다. 나는 간략하게, 입에 담기는 대로, 그리고 조롱거리가 되리라는 걸 알면서도, 태양 때문이었다고 말했다. 웃음소리가 여기저기에서 터져 나왔다. 나의 변호사는 어깨를 으쓱해 보였고, 곧바로 그에게 발언권이 주어졌다. 그러나 그는 이미 시간도 늦었고, 변론을 하자면 많은 시간이 필요하므로, 오후로 연기해달라고 요청했다. 재판장은 이에 동의했다.

오후에도 여전히 대형 선풍기들이 실내의 무거운 공기를 휘저었고, 배심원들의 알록달록한 작은 부채들은 모두 같은 방향으로 움직이고 있었다. 내 변호사의 변론은 끝이 날 것 같지 않았다. 그러나 어느 순간, 그의 말이 귀에 들어왔는데, 그는 이렇게 말했다. "내가 살인을 한 것은 사실입니다." 그러고서 그는 나에 대해 말할 때마다 계속 그런 어투로 "나는"이라는 표현을 썼다. 나는 무척 놀랐다. 나는 경관에게로 몸을 기울여서 변호사가 그러는 이유를 물었다. 경관은 입 다물고 있으라고 말하고는, 잠시 후에 말을 덧붙였다. "변호사들은 다 그렇습니다." 나로서는 그것 또한 나 자신을 내 사건에서 제외시키는 것, 나를 있으나마나 한 존재로 만들어버리는 것, 그리고 어떤 의미에서는 나를 대체해버리는 행위라고 생각하지 않을 수 없었다. 그러나 그때 이미 나는 법정에서 멀리 떨어져 나와 있었다고 여겨진다. 게다가 내 변호사도 내 눈에는 우스꽝스러워 보였다. 그는 간략하게 나의 뻣뻣한 태도에 대해 변호를 하고 나서, 그도 역시 나의 영혼에 대해 말했다. 그러나 내가 보기에 검사에 비해 역량이 훨씬 떨어지는 것 같았다. 그가 말했다. "저도 역시 그의 영혼을 들여다보았습니다만, 법무부의 탁월한 대변인과는 달리 그 속에서 뭔가를 발견했고, 펼쳐진 책처럼 그의 마음을 읽었다고 할 수 있습니다." 그가 읽은 바에 따르면, 나는 선량한 사람이고, 내가 일하는 회사에서는 성실하고 근면하고 충실한 일꾼이며, 모든 이들로부터 사랑받고 타인들의 불행에 동정심을 느끼는 인물이라는 것이었다. 그가 보기에 나는 능력이 닿는 한 오래도록 어머니를 부양한 모범적인 아들이었다. 그러다가 결국 나의 재력으로는 허락해드릴 수 없는 안락한 생활을 양로원에서 늙은 어머니에게 베풀어줄 수 있기를 바랐다는 것이었다. 그가 덧붙여 말했다. "여러분, 저는 양로원에 대해 그토록 왈가왈부하는 것을 보고서 놀랐습니다. 왜냐하면 이런 시설들의 유용성과 중요성의 증거를 대라고 한다면, 그건 바로 정부에서 이 시설들을 지원하고 있다는 점을 들 수 있기 때문입니다." 다만 그는 장례식에 대해서는 아무 말도 하지 않았는데, 때문에 나는 그의 변론에서 뭔가가 빠졌다는 기분이 들었다. 그러나 그 모든 장광설 때문에, 그리고 사람들이 나의 영혼에 대해 왈가왈부하던 지난 며칠, 그 끝없이 이어지던 시간들 때문에, 나는 모든 게 탁한 물이 되어버려 그 속에서 현기증이 나는 듯한 느낌을 받았다.

끝나갈 무렵에 내 기억에 남아 있는 것이라고는, 내 변호사가 변론을 계속하는 동안, 거리로부터, 법원 건물 안의 여러 방들과 법정들을 가로질러, 아이스크림 장수의 나팔 소리가 내 귀에까지 들려왔다는 것뿐이었다. 그 순간 나는 이제 더 이상 나의 것이 아닌 삶, 그러나 내가 지극히 소박하면서도 가장 오래 남는 기쁨을 느꼈던 삶의 추억에 사로잡혔다. 이를테면 여름날의 냄새들, 내가 좋아하던 거리, 저녁나절의 하늘, 마리의 웃음소리와 그녀가 입었던 옷 같은 것들. 그러자 이곳에서 내가 벌이고 있는 이 모든 부질없는 짓들이 내 목구멍을 틀어막았고, 이제 나는 한 가지만을 초조하게 기다리고 있었는데, 그것은 이제 그만 끝내고 감방으로 돌아가 잠을 자는 것이었다. 내 변호사가 마지막으로 외치는 소리도 귓전에서 어렴풋이 맴돌 뿐이었는데, 배심원들께서는 한순간의 탈선으로 실수를 저지른 선량한 일꾼을 죽음으로 내몰지는 않을 것이며, 이미 내가 가장 확실한 징벌로써 영원한 가책을 느끼고 있는 범죄에 대해 정상 참작을 해달라는 것이었다. 재판장은 휴정을 선언했고, 변호사는 탈진한 표정으로 자리에 주저앉았다. 그러자 동료 변호사들이 그에게로 와서 악수를 했다. "자네, 대단해"라는 말이 내 귀에 들렸다. 심지어 그들 중 한 사람은 나를 증인으로 삼기라도 할 양으로 "그렇지 않아요?"라고 내게 물었다. 나는 동의를 했지만, 진심으로 한 찬사는 아니었는데, 단지 너무 피곤했던 탓이었다.

어느덧 밖에서는 날이 저물면서 더위가 수그러들고 있었다. 거리에서 들려오는 소리에 귀를 기울이며 나는 저녁나절의 부드러운 대기를 몸으로 느꼈다. 우리는 모두 이곳에서 기다려야 했다. 그러나 우리가 함께 기다리고 있는 것은 오직 내게만 관련된 일이었다. 나는 다시 법정 안을 둘러보았다. 모든 게 첫날과 똑같은 상황이었다. 회색 양복을 입은 신문기자와 자동인형 같은 여자의 눈길이 나와 마주쳤다. 그제야 재판이 진행되는 중에 한 번도 마리에게 눈길을 주지 않았다는 생각이 들었다. 나는 그녀를 잊어버린 건 아니지만, 신경 쓸 일이 너무 많았다. 그녀가 셀레스트와 레이몽 사이에 앉아 있는 게 눈에 들어왔다. 그녀는 '마침내 끝났군요'라고 말하는 듯이 살짝 손짓을 해 보였는데, 약간 근심스러운 얼굴로 미소를 짓고 있었다. 그러나 나는 가슴이 막히는 기분이 들어서, 그녀의 미소에 답을 보낼 수조차 없었다.

재판이 속개되었다. 아주 빠른 어조로 배심원들에게 일련의 질문들이 낭독되었다. "살인죄"…… "사전 계획"…… "정상참작" 같은 말들이 들려왔다. 배심원들이 밖으로 나갔고, 나는 전에 대기하던 적이 있는 작은 방으로 옮겨졌다. 내 변호사가 나를 찾아왔다. 그는 많은 말을 늘어놓았는데, 지금까지 그 어느 때보다도 자신감과 다정함을 보이며 내게 말했다. 모든 게 잘 풀릴 것이며, 몇 년의 징역이나 유형을 살고 나면 풀려나게 되리라고 생각한다는 것이었다. 나는 불리한 판결이 나올 경우에는 원심파기가 가능하냐고 물었다. 그는 그럴 수 없다고 대답했다. 그의 전략은 배심원단의 반감을 사지 않기 위해 결과에 승복하는 것이었다고 했다. 그러고는 아무 사유 없이 그냥 판결을 파기하지는 못한다고 설명했다. 그 말은 타당하게 들렸고, 나는 그의 말이 옳다고 인정했다. 냉정하게 따져보면 지극히 당연한 일이었다. 그렇지 않다면 또 쓸데없이 너무 많은 서류들을 작성해야 할 것이었다. 내 변호사가 말했다. "어쨌든 상고할 수는 있습니다. 하지만 좋은 결과가 나오리라고 확신합니다."

우리는 아주 오랫동안, 짐작컨대 거의 45분 가까이 기다렸다. 이윽고 종이 울렸다. 내 변호사가 자리에서 일어서며 말했다. "배심원단의 대표가 평결을 읽을 겁니다. 그리고 당신은 판결이 내려질 때에야 들어오게 될 것입니다." 문들을 여닫는 소리가 들렸다. 사람들이 층계 위를 뛰어서 오르내리는 소리가 들렸는데, 다가오는 것인지 멀어지는 것인지 분간할 수 없었다. 얼마 후 법정에서 누군가가 뭔가를 웅얼웅얼 읽는 소리가 들려왔다. 그때 종이 다시 울렸고, 내가 피고석에 들어서자, 실내의 고요함이 나를 감쌌는데, 그 고요함, 그리고 젊은 신문기자가 내게서 시선을 돌리는 것을 보았을 때 찾아든 그 기이한 느낌이란. 나는 마리가 있는 쪽을 보지 못했다. 그럴 시간이 없었던 것인데, 재판장이 내게 이상한 표현을 써가며 내가 프랑스 국민의 이름으로 공공 광장에서 목이 잘리게 될 거라고 말했기 때문이었다. 그제야 나는 모든 사람의 얼굴에 어려 있는 그 낯선 표정을 이해할 것 같았다. 내가 보기에 그건 분명 일종의 경의의 표현이었다. 경관들은 내게 부드러운 태도를 보였다. 변호사가 내 손목 위에 자신의 손을 올려놓았다. 나는 더 이상 아무 생각도 들지 않았다. 그러나 재판장은 내게 덧붙일 말이 없느냐고 물었다. 나는 생각해보았다. 그러고는 말했다. "없습니다." 이윽고 경관들이 나를 데리고 밖으로 나갔다.

5

세 번째로 나는 교도소 부속 사제의 면회를 거절했다. 그에게
할 말도 없고, 말하고 싶지도 않고, 어차피 곧 만나게 될 터이
다. 지금 내 관심사는 나를 옥죄고 있는 이 기계장치에서 벗어
나는 것, 이 어찌할 수 없는 상황에서도 탈출구가 있을까 궁리
하는 것이다. 나는 방이 바뀌었다. 이 방에서는 드러누우면 하
늘이 보이는데, 하늘밖에 보이는 게 없다. 나는 하루 종일 낮이
지나고 밤이 오면서 하늘의 얼굴 위로 빛이 퇴색하는 것을 바
라보며 시간을 보낸다. 누워서 머리 밑에 손을 괴고 나는 기다
린다. 나는 사형수들이 형 집행 직전에 경찰의 비상 경계선을
뚫고 이 무자비한 기계장치에서 벗어난 예가 있는지 몇 번이나
곰곰이 생각해보았는지 모른다. 그때마다 그동안 사형집행에
관한 이야기에 그다지 주의를 기울이지 않았던 게 후회되었다.

늘 그런 문제에 관심을 가져야 하는 법이다. 어떤 일이 닥칠지 모르기 때문이다. 남들처럼 나도 신문에 실린 사건 기사들을 읽었다. 그러나 내가 호기심을 가지고 들춰보지 못한 전문 서적들이 있었을 게 분명하다. 아마도 그 책들 속에는 탈옥에 대한 이야기들이 들어 있었을 것이다. 그리고 적어도 한 번쯤은 톱니바퀴가 멈추어서, 야심찬 사전 계획을 통하여 우연과 행운이, 단 한 번만이라도, 상황을 바꾸어버린 적이 있다는 것을 알 수 있었을지도 모른다. 단 한 번! 어떻게 보면 그 단 한 번으로 내게는 충분하리라고 여겨진다. 나머지는 내 가슴이 맡아서 처리할 일이다. 신문들은 종종 사회에 진 빚에 대해 언급한다. 신문의 입장에 따르면 그 빚을 갚아야 한다는 것이다. 그러나 그건 상상력의 힘을 간과하는 것이다. 중요한 것은 탈출의 가능성, 이 무자비한 관례를 뛰어넘는 도약, 희망의 모든 가능성을 향한 미친 듯한 질주였다. 물론 희망이라고는 해도 달아나던 중에 날아오는 총알에 맞아 길모퉁이에서 거꾸러지는 것일 따름이었다. 그러나 모든 점을 고려해 보아도, 그런 호사가 내게 주어질 리 없고, 모든 게 내게서 그럴 기회를 가로막고 있는 가운데, 이 기계장치가 나를 짓누르고 있는 것이었다.

마음을 잘 다스리려고 노력했음에도 불구하고, 나는 그렇듯 가차 없이 확고부동한 상황을 받아들일 수 없었다. 왜냐하면 사실상 그런 상황을 정당화한 판결과, 그 판결이 선고된 후부터 이루어지는 일방적인 진행 사이에는 어처구니없는 불균

형이 있기 때문이었다. 형의 선고가 17시가 아니라 20시에 내려졌다는 사실, 선고의 내용이 전혀 다를 수도 있었고, 그 선고가 속옷을 갈아입는 인간들에 의해 내려졌고, 그것이 프랑스 국민(혹은 독일 국민, 혹은 중국 국민)이라는 애매모호한 개념 위에 근거하고 있다는 그 모든 사실로 인해, 내게는 이번 결정에서 신뢰성이 적잖이 손상되었다고 여겨졌다. 그러나 그런 결정이 취해진 순간부터 그 효력은 내가 몸뚱이를 비벼대고 있는 이 감방 벽의 존재만큼이나 확실하고 준엄하다는 것을 인정하지 않을 수 없었다.

그러던 중에 엄마가 아버지에 대해 들려준 이야기가 기억에 떠올랐다. 나는 아버지를 본 적이 없었다. 그 분에 대해 내가 확실하게 알고 있는 것은 그때 엄마가 말해준 게 전부인 셈이었다. 아버지는 어느 살인범이 처형당하는 것을 보러 갔다. 처형장에 간다는 생각만으로도 그는 마음이 불편했다. 그러나 그는 계획대로 했고, 아침녘에 한동안 계속해서 토했다. 그 이야기를 들었을 때, 나는 아버지에게 약간 거부감을 느꼈다. 하지만 이제는 이해가 되었고, 당연한 일로 여겨졌다. 그 무엇도 사형집행보다 더 중대한 일은 없으며, 요컨대 그것이야말로 한 인간이 정말로 관심을 가져야 할 유일한 것이라는 사실을 왜 나는 미처 깨닫지 못했을까! 만약 이 감옥에서 나가게 된다면, 나는 모든 사형집행을 보러 갈 것이다. 그러나 그런 가능성을 떠올렸던 게 곧 후회되었다. 왜냐하면 어느 날 이른 아침에 경찰의 경계선 너머 저쪽 편 어딘가에서 내가 자유로운 몸으로 서 있다는 생각이 떠오르자, 그리고 사형집행 광경을 보고 나서 구토를 하는 모습을 눈앞에 그리자, 주체할 수 없는 기쁨의 물결이 내 가슴을 가득 채웠기 때문이었다. 그러나 그건 부적절한 생각이었다. 그런 가정에 몸을 맡겼다는 게 잘못된 일이었는데, 왜냐하면 곧바로 나는 너무도 추워서 이불을 뒤집어쓰고 몸을 잔뜩 웅크려야 했기 때문이었다. 이가 주체할 수 없을 정도로 덜덜 떨렸다.

그러나, 당연한 말이지만, 항상 이치에 맞는 생각만 할 수는 없는 법이다. 예컨대 나는 법안을 만드는 일로 시간을 보내기도 했다. 형법 제도의 개혁에 나섰던 것이다. 내가 파악하기에 중요한 점은 사형수에게 기회를 주는 것이었다. 천 번에 한 번이라도 많은 문제를 해결하기에 충분했다. 이를테면 환자(나는 사형수를 환자라고 생각했다)가 마시면 열에 아홉만 죽게 되는 화학약품을 만들어낼 수 있을 것 같았다. 환자 자신이 그 사실을 알아야 한다는 게 조건이었다. 왜냐하면 곰곰이 생각하면서 여러 가지 사항을 냉정하게 고려해 보면, 단두대의 결점은 어떤 기회도, 단 한 번의 기회도 허용하지 않는 것임을 확인하게 되기 때문이었다. 요컨대 사형수의 죽음은 돌이킬 수 없이 확정되어 있었다. 그것은 이미 마무리된 사안이고, 효과가 완벽한 화학약품이고, 번복할 여지가 없이 합의가 이루어진 의결 사항이었다. 혹시라도 만에 하나 어긋나면 다시 하면 된다. 그러고 보면 난감하게도 사형수로서는 기계가 제대로 작동되기를 바라야 한다. 내 말은, 이게 바로 단두대의 결점이라는 것이다. 이런 맥락에서 보면 그건 분명한 사실이다. 그러나 다른 맥락에서 보면, 잘 구성된 조직의 모든 비결이 거기에 있다는 사실을 인정하지 않을 수 없었다. 요컨대 사형수는 정신적으로 협력해야 하는 처지에 있었다. 모든 게 차질 없이 진행되는 게 그에게는 이득인 것이다.

또한 나는 그런 문제들과 관련하여 지금까지 잘못된 생각을 가지고 있었다는 것을 인정하지 않을 수 없었다. 나는 오랫동안 — 무슨 이유에서인지는 몰라도 — 단두대에서 형을 받기 위해서는 계단을 밟고 처형대 위로 올라가야 하는 줄로 알고 있었다. 아마도 1789년의 대혁명 때문이라고 여겨지는데, 말하자면 이런 문제들에 대해 사람들이 내게 가르쳐주거나 보여준 모든 것들 때문인 것이다. 그런데 어느 날 아침 나는 세간의 큰 관심을 불러일으킨 참수형이 집행되었을 때 신문에 실린 사진 한 장을 본 기억이 났다. 사실인즉 기계는 땅바닥에 놓여 있었고, 장치가 너무도 간단했다. 게다가 생각했던 것보다는 훨씬 좁았다. 좀 더 일찍 그 점을 깨닫지 못한 게 이상했다. 사진 속의 그 기계는 정교하게 제작되고 완벽해 보이고 햇빛을 받아 번쩍거리고 있었는데, 그 인상적인 모습에 놀라지 않을 수 없었다. 자기가 알지 못하는 것에 관해서는 늘 과장된 생각을 품게 마련인 것이다. 나는 내가 짐작했던 바와는 반대로 모든 게 간단명료하다는 사실을 인정해야 했다. 기계는 그 기계를 향해 걸어가는 사람과 같은 높이에 있다. 마치 누군가를 만나러 가듯이 걷다가 기계 앞에 이르는 것이다. 그 점 또한 내 심기를 불편하게 했다. 단두대에 오르는 것, 하늘로 승천하는 것, 그래야 상상력이 발휘될 수 있다. 그런데 이 점에서도 역시 전적으로 기계적인 특징이 모든 것을 짓눌러버리고 있다. 슬며시, 약간은 수치스럽게, 그러면서도 아주 정확하게 목숨이 끊어지는 것이다.

그 밖에도 줄곧 내 머리를 떠나지 않는 게 두 가지 있었는데, 새벽이 오는 것과 상고를 하는 것이다. 그러나 나는 분별력을 키워서 그것들에 대해 생각하지 않으려고 애썼다. 나는 드러누워 하늘을 바라보며 거기에 관심을 쏟고자 노력했다. 하늘은 푸르스름했고, 저녁 무렵이었다. 나는 다시 생각의 흐름을 다른 쪽으로 돌리고자 힘썼다. 나는 심장 뛰는 소리에 귀를 기울였다. 그토록 오랫동안 나와 동반했던 이 소리가 멈출 수 있다고는 상상할 수 없었다. 나는 뭔가를 제대로 상상해본 적이 없었다. 하지만 이 심장의 박동이 더 이상 이어지지 않는 순간을 머릿속에 떠올려 보려고 애썼다. 그러나 헛수고였다. 새벽 혹은 상고에 대한 생각이 머릿속에 들어 있었기 때문이었다. 결국 나는 내 마음을 억제하지 않는 게 가장 바람직하다고 생각하기에 이르렀다.

그들이 새벽에 온다는 것을 나는 알고 있었다. 그러고 보면 날마다 새벽을 기다리며 밤과 씨름했던 셈이다. 나는 졸지에 당하는 게 싫었다. 무슨 일이 닥칠 때, 그 상황을 정확히 알고 싶은 것이다. 내가 낮에만 잠깐 잠을 잔 것도 그래서였고, 나는 밤새도록 햇살이 하늘을 향한 유리창 위로 떠오르기를 끈질기게 기다렸다. 한밤중에 가장 견디기 힘든 때는 그들이 행동을 취한다는 것을 내가 알고 있던 그 불명확한 시간대였다. 자정이 지나면 나는 기다리며 귀를 곤두세웠다. 내 귀가 그토록 많은 소리를 감지하고, 그토록 미세한 울림들을 분간한 적은 없었다. 어찌 보면 그동안 나는 운이 좋았다고 할 수 있는데, 왜냐하면 발소리가 한 번도 들리지 않았기 때문이었다. 엄마는 누구든 전적으로 불행할 수는 없는 법이라고 자주 말하곤 했다. 하늘이 색을 되찾으면서 새로운 날의 햇살이 감방 안으로 흘러들 때면 나는 엄마의 말이 옳다는 생각이 들었다. 왜냐하면 간밤에 발소리를 들을 수도 있었고, 내 심장이 터져버렸을 수도 있었기 때문이었다. 비록 바스락 소리만 나도 문으로 달려가긴 했지만, 그리고 문에 귀를 대고 정신 나간 사람처럼 기다리고 있다 보면 나 자신의 숨소리가 거칠어져서 개가 헐떡이는 소리처럼 들려 질겁하곤 했지만, 어찌 되었든 내 심장은 터지지 않았고, 나는 다시 24시간을 번 것이었다.

하루 종일 상고에 대한 생각이 머리를 떠나지 않았다. 나는 그 생각을 최대한으로 활용했다고 믿는다. 내게서 일어나는 변화를 따져가며 심사숙고해서 최대한의 결과를 얻어냈다. 나는 늘 최악의 가정을 하곤 했는데, 상고가 기각된다는 것이었다. '그럼 죽는 거지 뭐.' 다른 사람들보다 먼저 죽을 게 분명했다. 그러나 인생이 살 만한 가치가 없다는 것은 누구나 알고 있다. 사실 나는 서른 살에 죽으나 예순 살에 죽으나 별로 다를 바 없다는 것을 모르지 않았는데, 왜냐하면 당연한 말이지만 그 두 경우 모두 어쨌든 다른 남자들이나 여자들은 계속 살아갈 것이고, 앞으로도 수천 년 동안 그러할 것이기 때문이었다. 요컨대 그보다 더 분명한 사실은 따로 없었다. 지금이든 20년 후든, 여하튼 나는 죽게 될 것이다. 지금 이 순간, 이런 추론을 하는 동안 나를 약간 당혹스럽게 하는 것은, 앞으로 20년을 더 살 수 있다는 생각이 들 때마다 내 속에서 뭔가가 격하게 불끈거리는 게 느껴진다는 것이었다. 그러나 어차피 20년 후는 올 것이고, 그때 내 생각이 어떻게 달라질까 예상하면서 그런 느낌을 눌러 버리면 그만이었다. 죽음의 순간에 어떻게 그리고 언제 죽느냐 하는 게 중요하지 않다. 그건 당연한 일이다. 그러므로 (그리고 특히 어려운 것은 이 '그러므로'라는 말이 추론에서 담당하는 모든 점들을 시야에서 놓치지 않는 것이었다), 그러므로 나는 상고의 기각을 받아들일 수밖에 없었다.

그때, 바로 그때에야 비로소 나는 두 번째 가설을 나 자신에게 허락할 수 있는 일종의 권리를 가질 수 있었는데, 그 가설이란 내가 특사로 풀려난다는 것이었다. 당혹스러웠던 것은, 미칠 듯한 기쁨으로 인해 눈을 마구 찔러대는 피와 살의 격렬한 흥분을 가까스로 가라앉힐 수 있었다는 사실이었다. 내 속에서 터져 나오는 외침을 억누르고 이성으로 다스리고자 온 힘을 기울여야 했다. 첫 번째 가설에서 내가 마음을 비웠던 것을 더 적절한 것으로 만들기 위해서는 이 두 번째 가설에서도 마찬가지로 태연함을 유지해야 했다. 마침내 나 자신을 통제할 수 있게 되었을 때, 나는 한 시간 정도 평온한 마음을 가질 수 있었다. 그래도 여하튼 두 번째 가설은 한 번쯤 고려해볼 만했다.

그 무렵에 나는 다시 한 번 부속사제의 면회를 거절했다. 나는 드러누워서 하늘이 황금빛으로 물드는 것을 보며 여름날의 저녁이 다가오는 것을 지켜보고 있었다. 결국 나는 상고를 포기했고, 이제 내 몸속에서 피가 규칙적으로 물결치며 순환하고 있음을 느낄 수 있었다. 나는 신부를 만날 필요를 느끼지 않았다. 아주 오래간만에 처음으로 마리를 생각했다. 그녀가 내게 편지를 쓰지 않은 지도 꽤 오래 되었다. 그날 밤 나는 곰곰이 생각에 잠겼고, 아마도 그녀가 사형수의 정부 노릇에 지친 모양이라고 생각했다. 어쩌면 그녀가 병들거나 죽었을 수 있다는 생각도 들었다. 얼마든지 그럴 수 있는 일이었다. 이제는 각기 떨어져 있는 우리의 두 몸 말고는 아무것도 우리를 이어주지도, 서로를 생각나게 하지도 않는 터에, 내가 어찌 알겠는가. 하지만 앞으로는 마리에 대한 추억이 시들해질 것이었다. 이제 그녀는 죽은 사람처럼 내 관심의 대상이 되지 못했다. 나는 그게 당연하다고 여겼는데, 왜냐하면 내가 죽은 후에 사람들이 나를 잊어버리라는 것을 잘 알고 있었기 때문이었다. 그들은 나와 더 이상 아무 관계가 없었다. 그런 생각을 하는 게 괴로운 일이었다고 말할 필요도 없는 일이었다.

바로 그때 신부가 들어왔다. 그를 본 순간 나는 몸이 약간 움찔했다. 그는 눈치를 채고서 겁내지 말라고 말했다. 나는 그에게 지금은 적절치 않으니 다른 때에 와 달라고 했다. 그는 내 상고와는 아무 관계도 없는 순전히 우정 어린 방문일 뿐이고, 상고에 대해서는 아무것도 모른다고 대꾸했다. 그는 내 침상에 앉았고, 내게도 옆에 와서 앉으라고 권했다. 나는 거절했다. 그래도 나는 그에게서 무척 온화한 인상을 받았다.

그는 두 팔뚝을 무릎 위에 올려놓고 고개를 숙인 채로 자기의 두 손을 내려다보며 잠시 가만히 앉아 있었다. 그 두 손은 가늘면서도 근육이 단단해 보였는데, 내게 두 마리의 날렵한 짐승을 떠올리게 했다. 그는 양손을 겹쳐놓고 천천히 비볐다. 그러고는 여전히 고개를 숙인 채 너무도 오랫동안 그러고 앉아 있어서, 나는 잠깐 그의 존재를 잊어버린 듯한 느낌이 들 정도였다.

그런데 그가 갑자기 고개를 들어 나를 빤히 쳐다보며 물었다. "왜 매번 나와의 만남을 거부하나요?" 나는 신을 믿지 않는다고 대답했다. 그는 정말 그렇다고 확신하느냐고 물었고, 나는 그런 질문을 떠올릴 필요도 느끼지 않는데, 그건 내게 무의미한 질문으로 여겨지기 때문이라고 대답했다. 그러자 그는 몸을 뒤로 젖혀 등을 벽에 기대고는 손바닥을 펴서 넓적다리 위에 올려놓았다. 그는 내게 말을 건네는 기색을 보이지도 않으면서, 사람들은 때로 자기들이 확신하고 있다고 믿지만 사실은 그렇지 못한 법이라고 타이르듯이 말했다. 나는 아무 말도 하지 않았다. 그가 나를 바라보며 물었다. "어떻게 생각하나요?" 나는 그럴 수도 있다고 대답했다. 여하튼 나는 실제로 내 관심을 끄는 게 무엇인지는 확신할 수 없는 데 반해, 내 관심을 끌지 않는 게 무엇인지는 전적으로 확신하고 있었다. 그가 지금 내게 말하고 있는 게 바로 내 관심을 끌지 않는 것이었다.

그는 눈길을 돌리고서, 여전히 자세를 바꾸지 않은 채, 절망감이 너무 커서 그렇게 말하는 게 아니냐고 물었다. 나는 절망한 게 아니라고 응수했다. 다만 두려울 뿐이고 그건 당연한 일이었다. 그가 말했다. "그렇다면 하느님께서 도와주실 겁니다. 당신 같은 처지에 있는 사람들을 많이 만났는데, 모두들 그 분께 귀의했습니다." 나는 그건 그들의 권리라는 것을 인정했다. 그것은 또한 그들에게 그럴 만한 시간이 있었다는 사실을 입증하는 것이었다. 그러나 내 경우에는 누가 나를 도와주기를 바라지도 않고, 무엇보다도 내 관심을 끌지 않는 것에 관심을 기울일 시간이 없었다.

그 순간, 그의 두 손이 신경질적인 움직임을 내비쳤는데, 하지만 곧 그는 자세를 가다듬고서 사제복의 주름을 바로잡았다. 그러고 나서 나를 "나의 친구"라고 부르며 말을 건넸다. 그가 내게 그런 말을 하는 것은 내가 사형선고를 받았기 때문이 아니고, 자기 생각으로는 우리 모두가 사형선고를 받은 처지라는 것이었다. 그러나 나는 그의 말을 가로막고서, 그건 경우가 다르고 게다가 어쨌거나 그런다고 위안이 되는 것도 아니라고 말했다. 그는 인정했다. "그렇기는 하지요. 하지만 만약 당신이 오늘 죽지 않는다 하더라도 언젠가는 죽을 것입니다. 그럼 그때 같은 질문이 제기되는 거지요. 당신은 그 끔찍한 시련과 어떻게 마주할 건가요?" 나는 지금 이 순간 내가 마주하고 있는 것과 똑같이 마주할 거라고 대답했다.

그 말을 듣자, 그는 일어서더니 내 눈을 똑바로 들여다보았다. 그것은 내가 익히 알고 있는 놀이였다. 나는 가끔 에마뉘엘이나 셀레스트와 장난삼아 이 놀이를 하곤 했는데, 대개 그들이 먼저 눈길을 돌렸다. 사제 역시 이 놀이를 알고 있었고, 나는 곧 그 사실을 눈치 챌 수 있었으며, 그의 눈길은 조금도 흔들리지 않았다. 그때 그가 입을 열었는데, 그 목소리 역시 조금도 떨리지 않았다. "그럼 당신은 아무 희망도 없이, 죽어서 완전히 소멸되리라는 생각을 하며 살고 있나요?" 나는 "네"라고 대답했다.

그러자 그는 고개를 숙이고 다시 앉았다. 그는 내게 연민을 느낀다고 말했다. 그리고 그런 삶은 인간이 감당할 수 없는 것이라고 단호하게 말했다. 하지만 나는 단지 그가 귀찮아지기 시작한다고 느꼈을 따름이었다. 이번에는 내가 몸을 돌려서 창문 밑으로 걸어갔다. 나는 벽에 어깨를 기대고 섰다. 귀담아 듣지는 않았으나, 그가 다시 내게 묻는 소리가 들려왔다. 그는 불안하고 간절한 목소리로 말하고 있었다. 나는 그가 흥분한 상태라는 것을 감지하고서, 그의 말에 좀 더 귀를 기울였다.

그는 내 상고가 받아들여지리라고 확신하지만, 그러나 내가 지고 있는 무거운 죄를 벗어버려야 한다고 말했다. 그의 말에 따르면, 인간의 정의는 아무것도 아니고, 하느님의 정의는 전능하다는 것이었다. 나는 내게 사형 선고를 내린 것은 인간의 정의라고 받아 넘겼다. 그는 그렇다고 내가 짊어진 죄를 인간의 정의가 씻어주는 것은 아니라고 대꾸했다. 나는 죄라는 것이 무엇인지 모른다고 그에게 말했다. 내가 죄인이라는 것을 남들이 내게 가르쳐주었을 뿐이었다. 나는 죄를 지었고, 그 대가를 치르고 있는 것이니, 내게 그 이상 아무것도 요구할 수는 없었다. 그때 그가 다시 일어섰는데, 하지만 나는 감방이 워낙 좁아서 그가 움직이려고 해도 선택의 여지가 없다고 생각했다. 앉거나 일어서거나 할 수 있을 뿐이었다.

나는 바닥을 응시하고 있었다. 그가 내 쪽으로 한걸음 다가서더니, 더는 엄두가 나지 않는 듯 멈춰 섰다. 그러고는 창살 너머로 하늘을 올려다보았다. 그가 말했다. "내 아들아, 당신은 잘못 생각하고 있는 거요, 당신에게 그 이상을 요구할 수도 있습니다. 아마도 실제로 요구하게 될 겁니다." ─ "뭘 요구한다는 말입니까?" ─ "똑바로 보라고 요구할 수 있지요." ─ "뭘 똑바로 보라는 말인가요?"

신부는 주위를 둘러보고 나서, 갑자기 무척 지친 듯한 목소리로 대답했다. "이 모든 돌들이 고통의 땀을 흘리고 있습니다. 나는 그걸 알고 있지요. 나는 이 돌들을 바라볼 때마다 번민을 느낀답니다. 하지만 진심으로 말하건대, 나는 당신네 중에서 가장 비참한 사람일지라도 이 돌들의 어둠으로부터 하느님의 얼굴이 나타나는 걸 보았다는 사실을 알고 있습니다. 나는 당신에게 그 얼굴을 보라고 요구하는 것입니다."

나는 약간 흥분했다. 나는 지난 몇 달 동안 그 돌 벽을 바라보며 지내왔다고 말했다. 내가 이 세상에서 그것보다 더 잘 아는 것은 그 무엇도, 그 누구도 없었다. 아마 아주 오래전에는 거기에서 하나의 얼굴을 찾아보려 하기도 했다. 그러나 그 얼굴은 태양의 빛깔과 욕망의 불꽃을 지니고 있었는데, 그것은 마리의 얼굴이었다. 나는 이 돌 벽에서 그 얼굴을 찾으려 했으나 헛일이었다. 그것도 이제는 다 끝난 일이었다. 여하튼 나는 이 땀 흘리는 돌들에서 뭔가가 솟아나오는 것은 전혀 보지 못한 것이다.

신부는 슬퍼 보이는 표정으로 나를 바라보았다. 이제 나는 벽에 완전히 등을 기대고 있었고, 햇빛이 내 이마 위로 쏟아져 내리고 있었다. 그가 몇 마디 말을 했지만 나는 듣지 못했고, 그때 그가 나를 껴안아도 되겠냐고 아주 빠른 어조로 내게 물었다. 나는 "아니요"라고 대답했다. 그는 돌아서서 벽 쪽으로 걸어가더니 손으로 천천히 벽을 쓸어내렸다. 그가 중얼거리는 듯한 어조로 물었다. "그래 그렇게도 이 땅을 사랑합니까?" 나는 아무 대답도 하지 않았다.

그는 꽤 오랫동안 등을 돌린 채 서 있었다. 그의 존재가 나를 부담스럽고 성가시게 했다. 내가 막 그에게 그만 가달라고 혼자 있게 해달라고 말하려 하는데, 그가 갑자기 내 쪽으로 돌아서면서 큰 소리로 외쳤다. "아니, 나는 당신 말을 믿을 수 없습니다. 당신도 내세를 바란 적이 있으리라고 나는 확신합니다." 나는 물론이라고, 그러나 그것은 부자가 된다거나 헤엄을 아주 빨리 칠 수 있게 된다거나 더 잘생긴 입을 가지게 되는 것을 바라는 것보다 더 중요할 게 없다고 대답했다. 그 모든 게 하등 다를 바 없었다. 그러나 그는 내 말을 가로막고서, 내세에 대해 어떻게 생각하는지 알고 싶다고 했다. 그래서 나는 그에게 "이승에 대한 기억을 떠올릴 수 있는 곳이 내세지요"라고 외치고서, 곧바로 이제 그만 하자고 말했다. 그래도 그는 다시 하느님에 대해 말하려고 했고, 나는 그의 앞으로 다가서서, 내게는 시간이 많이 남지 않았다는 것을 마지막으로 한 번 더 납득시키려 했다. 그는 화제를 바꾸려고 왜 자기를 "아버지"라고 부르지 않고 "선생님"이라고 부르냐고 물었다. 그 말에 나는 화가 치밀어서, 당신은 나의 아버지가 아니라고 대답했다. 그도 다른 사람들과 한통속이었다.

그가 내 어깨 위에 손을 올려놓으며 말했다. "그렇지 않다오, 내 아들아. 나는 당신 편입니다. 하지만 당신은 마음의 눈이 멀어서 그런 줄을 모르는 것입니다. 당신을 위해서 기도하겠습니다."

그때, 이유는 알 수 없어도, 내 속에서 무엇인가가 터져버렸다. 나는 목이 터져라 소리치기 시작하면서, 그에게 욕설을 퍼부었고 기도를 하지 말라고 말했다. 나는 그가 입고 있는 사제복의 옷깃을 움켜쥐었다. 나는 기쁨과 분노가 함께 솟구쳐 오르는 것을 느끼며 내 가슴 속의 모든 것을 그에게 쏟아 부었다. 당신은 정말 확신에 찬 표정을 짓고 있군요. 하지만 당신이 가지고 있는 그 어떤 신념도 여자의 머리카락 한 올만한 가치도 없습니다. 당신은 자기가 살아 있다는 사실조차 확신하지 못하고 있습니다. 왜냐하면 죽은 사람처럼 살고 있기 때문이지요. 당신에게는 내가 아무것도 가진 게 없는 것처럼 보이겠지요. 하지만 나는 나에 대해, 모든 것에 대해, 당신보다 더, 내 삶에 대해, 그리고 곧 닥쳐올 죽음에 대해 확신을 가지고 있습니다. 그래요, 내가 가진 건 그것뿐입니다. 하지만 적어도 나는 이 진실을 견지하고 있고, 이 진실 또한 나를 지탱해주고 있습니다. 나는 옳았고, 지금도 옳고, 늘 옳을 것입니다. 나는 이렇게 살았고, 또 다르게 살 수도 있었을 겁니다. 나는 이런 것은 하고 저런 것은 하지 않았습니다. 어떤 일은 하지 않으면서도 다른 일은 했습니다. 그러니 어떻다는 말인가요? 마치 지금까지 늘 이 순간을, 내가 옳다는 게 입증될 이 새벽을 기다려온 것 같군요. 아무것도, 아무것도 중요지 않고, 나는 그 까닭을 알고 있어요. 당신도 그 이유를 알고 있지요. 지금까지 내내 이 부조리한 삶을 살아오는 동안, 내 미래의 저 밑바닥으로부터 어두컴컴한 기운을 머금은 바람이 아직 오지도 않은 세월을 가로질러 내게로 불어오고 있었고, 그 바람이 내가 살아온 더 실감난다고도 할 수 없는 그 세월 속에서 내게 주어진 모든 것을 닥치는 대로 무의미한 것으로 만들어버렸지요. 다른 사람들의 죽음, 엄마에 대한 사랑이 나와 무슨 상관이고, 당신의 하느님, 우리가 선택하는 삶, 우리가 선택하는 운명은 또한 나와 무슨 상관이란 말입니까? 어차피 단 하나의 운명이 나를 선택하게 되어 있고, 당신처럼 내 형제라고 자처하는 수많은 선택받은 자들도 마찬가지가 아닙니까. 내 말을, 내 말을 알아듣겠습니까? 모든 사람은 선택받은 자들입니다. 오직 선택받은 사람들밖에 없습니다. 나뿐 아니라 다른 사람들도 조만간 사형 선고를 받을 것입니다. 당신 역시 사형을 당할 것입니다. 그러니 엄마의 장례식 때 눈물을 흘리지 않았다고 살인죄로 고발당해 목이 잘린다고 해서 그게 뭐가 중요한가요? 살라마노의 개는 그 사람의 아내나 다를 바 없었지요. 자동인형 같은 그 작은 여자도 마송과 결혼한 그 파리 여자나, 나와 결혼하고 싶어 했던 마리만큼이나 죄인이기는 마찬가지지요. 셀레스트가 레이몽보다 낫기는 하지만, 레이몽과 셀레스트가 모두 내 친구라고 해서 뭐가 문제입니까? 마리가 오늘 또 다른 뫼르소에게 입술을 내밀고 있다고 해도 그게 뭐가 중요한가요? 그러니, 이 사형수 양반, 알 아듣겠나요? 내 미래의 저 밑바닥으로부3터…… 그 모든 말을 쏟아내다 보니 나는 숨이 막혀버렸다. 그러나 그때는 이미 간 수들이 내 손에서 신부를 떼어내고서 나를 윽박지르고 있었다. 하지만 신부는 그들을 진정시키고서 한동안 말없이 나를 바라보았다. 그의 두 눈에는 눈물이 가득 고여 있었다. 이윽고 그는 몸을 돌렸고 내게서 멀어져갔다.

그가 떠난 뒤 나는 평온을 되찾았다. 나는 기진맥진하여 침대 위로 쓰러졌다. 그러고는 잠이 들었던 모양인지, 눈을 떠보니 내 얼굴 위로 별빛이 쏟아져 내리고 있었다. 들판에서 나는 소리들이 내게까지 들려왔다. 밤과 흙과 소금의 냄새가 내 관자놀이를 서늘하게 식혀주었다. 아직 잠들어 있는 여름의 경이로운 평화가 밀물처럼 내 속으로 흘러들어왔다. 그때 밤이 끝나 감을 알리듯 뱃고동 소리가 울렸다. 그 소리는 이제 나와는 영원히 아무 관계도 없는 세계로의 출발을 알리고 있었다. 참으로 오랜만에 나는 엄마를 생각했다. 엄마가 왜 말년에 '약혼자'를 얻었는지, 왜 새로이 시작해보려는 마음을 품었는지 이해할 수 있을 것 같았다. 그곳, 그곳에서도 역시, 생명들이 꺼져가는 그 양로원 주변에서도, 저녁은 우수어린 휴식의 분위기가 감돌고 있었다. 죽음에 임박하여 엄마는 해방감에 젖어 모든 것을 다시 살아볼 준비가 되었다고 느낀 게 분명했다. 아무도, 그 누구도 엄마의 운명을 슬퍼할 권리가 없었다. 그리고 나

또한 모든 것을 다시 살아볼 준비가 되었다는 느낌이 들었다. 마치 그 엄청난 분노가 내게서 죄를 씻어내주고 희망으로부터도 벗어날 수 있게 해주기라도 한 듯이, 온갖 징조들과 별들로 가득한 이 밤의 한가운데에서, 나는 처음으로 세계의 다정한 무관심에 마음을 열었다. 그처럼 세계가 나와 닮아 있고 마침내 내 형제와도 같다는 것을 깨닫게 되자, 나는 지금까지 늘 행복했고, 지금도 행복하다고 느꼈다. 모든 게 완성되게 하기 위해, 그리고 내가 덜 외롭다고 느끼기 위해, 이제 내게 남은 소원은 단 하나, 내가 처형당하는 날 구경꾼들이 많이 몰려와서 증오의 함성으로 나를 받아주었으면 하는 것뿐이었다.

나는 뫼르소다
_뫼르소가 말하는 뫼르소

최수철(소설가, 번역가)

1.

오늘 엄마가 죽었다. 날짜는 중요하지 않다. 게다가 어차피 사람들은 장례식을 치르고 난 뒤에 고인의 죽음을 공적으로 인정한다. 흥미롭지 않은가. 사람이 이미 죽었는데, 장례라는 절차를 거쳐야 실제로 죽은 게 된다니 말이다. 사장은 엄마의 죽음에 조의를 표하기보다 업무 결손이 생기는 것을 더 우려하고 있는데, 그 편이 차라리 솔직한 태도라고 할 수 있다. 타인의 죽음이 자신에게 무슨 의미가 있다는 말인가.

나는 엄마를 그저 엄마라고 부른다. "어머니"라거나 "모친" 같은 말은 내게 부자연스럽게 여겨지기 때문이다. 부자연스러운 것들은 나를 거북하게 하는데, 아마도 가식적이라는 느낌을 주기 때문일 것이다.

양로원으로 가는 중에 나는 거의 내내 졸았다. 덜컹거리는 버스, 휘발유 냄새, 도로와 하늘에서 번쩍이는 햇빛, 나는 이런 것들이 내게 미치는 영향을 그대로 받아들인다. 생생한 육체적 감각에는 부자연스럽거나 가식적인 면이 없다. 많은 사람들이 육체적 감각에 저항하려 하고 그러지 못하면 죄의식을 느끼곤 하는데, 나로서는 도무지 이해할 수 없는 노릇이다. 비록 어머니의 장례식을 치르러 가는 길이지만 나는 졸렸고 그래서 잤다.

눈을 떴을 때 나는 한 군인의 어깨에 머리를 기대고 있었다. 타인의 몸에 내 몸을 기댈 수 있다는 건 얼마나 멋진 일인가. 우리는 그렇게 더불어 살아가고 있다. 그러나 나는 그와 대화를 나누고 싶지 않았다. 이야기가 길어져서 내 사정을 알게 되면, 그는 유감을 표하면서 처음 만난 사람의 슬픔에 공감하고자 혹은 공감하는 표정을 짓고자 애를 쓰려 할 것이기 때문이다. 그렇게 되면 우리의 관계는 금방 의례적인 차원으로 떨어질 수밖에 없다. 사람들은 내가 무뚝뚝하고 불친절하다고 비난할지 모르지만, 사실은 그와 정반대다. 나는 그 군인으로 하여금 공연히 마음의 부담을 느끼며 불필요한 말과 행동을 하지 않을 수 있도록 배려한 것이다. 게다가 그는 평소에도 규율과 격식에 매여 살아가는 군인이 아닌가.

사실 많은 이들이 나를 매사에 시큰둥하고 귀찮아하는 사람으로 오해하고 있다. 그러나 나는 전혀 그런 사람이 아니다. 단지 나는 예의상 혹은 절차상 해야 하는 말이나 행동을 싫어할 뿐이다. 다른 사람들이 당연히 그래야 한다고 생각하는 것들에 대해, 나는 당연히 그래야 할 이유를 찾을 수 없다. 달리 말하면 나는 그 누구보다도 솔직한 사람이다. 생각해 보라. 이렇듯 도덕과 관습의 강력한 지배를 받는 세상에서 솔직하게 사는 게 오히려 훨씬 더 힘들고 번거롭고, 그야말로 귀찮은 일이 아닐 수 없다. 그래도 나는 내 몸이 요구하는 대로, 내 마음이 흐르는 대로 솔직하게 살고 싶은 것이다.

양로원에 도착했을 때, 원장은 여러 가지 면에서 나를 거북하게 했다. 그는 악수할 때 오랫동안 내 손을 붙들고 놓지 않았다. 마치 서로 인사를 나눌 때 취해야 하는 행동의 모범을 스스로 보이려는 듯한 태도였다. 더욱이 그는 가슴에 훈장을 달고 있었다. 그렇게 그는 격식을 갖춘 몸가짐과 차림새를 통해 자신의 존재에 대한 확신을 가지고 있다는 인상을 남들에게 주고 있었다. 그래서 하는 말인데, 벌거벗고 속옷 차림이 되면 그는 그 확신을 완전히 상실하게 될 것이 분명하다.

나와 마주하고 있는 동안, 그는 한편으로는 나를 나무라는 듯하면서도 다른 한편으로는 나를 이해한다는 투로 말을 계속했다. 그런데 누군가가 내게 그런 진부하고 의례적인 말을 하면 나는 거의 반사적으로 그 말을 귓전으로 흘려듣곤 했다. 들으려 해도 되지 않는다. 그게 바로 나다.

나는 그에게서 엄마의 뜻에 따라 종교 의례에 따라 장례식을 치른다는 사실을 알게 되었다. 나는 엄마가 생전에 종교에 대해 무관심했다는 것을 알고서 놀랐다. 그렇다고 이의를 제기하고 싶은 생각은 없었다. 그것은 엄마의 선택이었기 때문이다. 나로 말하자면 신을 믿지 않는다. 그것이 나의 선택이다. 선택의 권리야말로 우리에게 주어진 모든 것이다. 때문에 우리는 때로 남들이 선택한 상황 속으로 어쩔 수 없이 끌려들어가지 않을 수 없다. 지금 나처럼 말이다.

영안실에 들어갔을 때, 관리인은 내가 어머니를 볼 수 있도록 나사를 뽑고 관 뚜껑을 열어주겠다고 했다. 나는 그를 제지했다. 나는 엄마를 보고 싶지 않았다. 그가 놀라서 내게 왜냐고 물었을 때, 적어도 그 순간에는 나 자신도 그 질문에 어떻게 대답해야 할지 잘 몰랐다. 그러나 시간이 지나면서 차츰 내가 왜 그런 반응을 보였는지 그 이유가 분명해졌다. 그때 내가 엄마를 보고 싶어 하지 않았던 까닭은, 순전히 엄마를 보고 싶은 마음에서 자발적으로 엄마를 보는 게 아니라, 그보다는 엄마를 보는 게 장례식의 한 과정이기 때문에 내 의사와는 상관없이 엄마를 보도록 강요당하고 있다는 느낌이 들었기 때문이었다. 그런 경우에 나는 남들이 내게서 원하는 행동을 할 수 없다. 그게 나의 솔직함이다. 게다가 더 솔직히 말해서 아무리 사랑하는 사람이라고 해도 죽은 자의 얼굴을 본다는 게 유쾌한 일일 수는 없는 노릇이다. 어찌 되었든 그 솔직함 덕분에 나는 나중에 엄청난 대가를 치르게 될 것이다.

물론 모든 사람이 나를 오해하고 비난하는 건 아니다. 내가 엄마를 보고 싶지 않다고 했을 때, 관리인은 잠시 놀란 표정을 지었지만, 곧 나를 이해한다고 말했다. 사실, 겉으로 말을 하지는 않아도 적지 않은 사람들이 내심으로 어느 정도 나를 이해하고 있다. 다만 그들에게는 그 이상의 용기가 없다. 나와 공감하지만 내게 동조할 용기는 없어서, 다시 자신의 관습적인 세계로 돌아가버리는 것이다.

영안실 안에서는 말벌 두 마리가 유리창에 부딪치며 붕붕거리고 있었는데, 꼭 나 자신의 처지, 아니 그곳에 있는 모든 사람의 처지가 바로 그랬다.

파리 태생이라는 관리인의 말에 따르면, 파리에서는 시신과 사나흘 함께 지낼 수 있는 데 비해 이곳에서는 날이 더워서 바로 매장을 해야 한다고 했다. 그것 봐라. 의례나 관습이라는 것은 그 고장의 풍토적 특성에 맞추어 변하는 것이다. 말하자면 장례식 절차는 시대나 장소에 따라 다르기 마련인데, 그중 하나에 특별한 의미를 부여하여 결코 거슬러서는 안 된다고 생각하는 게 또한 인간이다. 얼마나 모순적인가. 우연에 의해 이루어진 것을 가지고 필연이라고 우기는 행태가 아닐 수 없다. 게다가 관리인의 아내는 그가 쓸데없는 말을 한다고 면박을 주었고, 관리인은 얼굴을 붉히며 사과했다. 나는 가슴이 막막했다. 그가 한 말은 분명 사실 혹은 진실인데, 아무리 진실이라고 해도 경우에 따라서는 결코 입에 담아서는 안 된다니 말이다.

관리인에게는 양로원에 수용되어 있는 노인들을 낮춰 부르는 말투가 입에 배어 있었다. 나는 그 점이 안타까웠다. 원장만큼이나 관리인도 자신이 그곳에서 남들보다 상대적으로 높은 위치에 있음을 매순간 확인하려 하고 있었다. 말하자면 타인들과의 관계에서 그들과 자기를 구별 짓는 것으로 간신히 자신의 존재 이유를 얻고 있는 것이다.

불빛이 너무 강해서 전등들 중 하나를 껐으면 했는데, 관리인은 전부 켜거나 전부 끄거나 둘 중 하나를 선택할 수밖에 없다고 했다. 그 말은 나를 잠시 생각에 잠기게 했다. 전부 아니면 아무것도 아닌 것, 요컨대 우리의 삶에서는 일률적인 적용이 중요하다. 그 일률성에서 벗어나려 하면 암흑, 곧 죽음으로 떨어지는 것이다. 이 이야기의 말미에서 내 운명이 그러하듯이. 까마귀 떼에서 한 마리가 날아오르면 모두가 날아오른다.

실내는 따뜻하고 몸은 훈훈하고 열린 문을 통해 밤과 꽃의 내음이 흘러들어오고 있어서 나는 약간 졸았다. 감각은 솔직하다. 어느 철학자는 실존이 본질에 앞선다고 말했다. 나는 맞는 말이라고 생각한다. 감각은 실존이고 본질은 인간들의 이데올로기다. 분명 감각이 이데올로기에 앞선다. 그런데도 이데올로기는 부단히 감각을 통제하고 왜곡하려 든다. 하지만 감각은 언제나 불사조처럼 되살아난다. 우리가 매순간 감각에서 새롭게 출발해야 하는 것도 그래서다.

엄마의 친구가 울음을 그치지 않았다. 엄마가 유일한 친구였는데 이제는 외톨이 신세가 되었다는 것이다. 사람들은 장례식장에서 고인을 추모해서 우는 것일까 아니면 자신의 외로움 때문에 우는 것일까. 인간들 사이의 관계라는 것은 무엇일까. 어쩌면 관계는 이 땅에서 우리를 구원해주는 유일한 것이면서 동시에 우리를 지옥으로 떨어뜨리는 것이라는 말이 맞을지도 모른다.

철야를 하는 중에 노인들이 볼 안쪽을 빨며 혀를 차는 이상한 소리를 냈다. 그 소리가 쉬지 않고 울리는 것을 듣고 있자니, 그들 한가운데에 누워 있는 주검이 그들에게 아무런 의미도 없는 것 같다는 인상을 받았다. 그러나 옳은 인상이 아니었다. 주검이 의미가 있든 없든 삶의 습관은 또 그렇게 이어지는 법이기 때문이다. 습관이 의미에 앞서는 것이 우리의 삶이다.

다음 날, 영구차 뒤를 따라 걷기 시작했다. 특히 오늘은 풍경을 전율케 하면서 천지에 넘쳐나는 햇빛으로 인하여 온통 비인간적이고도 위압적인 분위기가 이 땅을 지배하고 있었다. 그 속에서 어렵게 버티고 있는 인간들의 운명은 너무도 하찮은 것이었다. 자연은 우리에게 인간의 진실을 넘어서는 더 큰 진실이 엄연히 존재하고 있음을 일깨워주고 있었다.

엄마의 약혼자 페레 영감은 늙은 몸을 이끌고 다리를 절면서 열심히 운구 행렬을 따라왔다. 그 모습을 보면서 나는 그리스 신화의 시시포스를 떠올렸다. 시시포스는 신들을 기만한 죄로 커다란 바위를 산꼭대기로 밀어 올리는 벌을 받았는데, 그 바위는 정상 근처에 다다르면 다시 아래로 굴러 떨어져서 형벌이 영원히 되풀이되었다고 한다. 숨을 헐떡이며 자기 약혼녀의 관을 뒤따르는 것도 어찌 보면 아무 의미 없는 허망한 행동이었다. 하지만 시시포스가 자신에게 주어진 형벌에 굴하지 않고 오히려 그것을 반항의 기회로 삼았듯이, 페레 영감은 자신의 행동에 집요하고 열정적으로 매달림으로써 스스로 거기에 의미를 부여하고 자신의 존재의의도 찾으려 하고 있었다.

곁에서 걷고 있던 장의사 직원이 내게 엄마의 나이를 물었을 때, 나는 대답할 수 없었다. 그때까지만 해도 나는 내가 엄마의 나이를 모른다는 사실을 몰랐다. 내가 엄마의 나이를 기억하려 했는데 잊었다면 아마도 그건 내 잘못일 것이다. 하지만 나는 엄마의 나이를 중요하게 여기지 않았다. 그렇다면 나는 엄마에게서 그런 외적이고 부차적인 것보다는 다른 것, 이를테면 더 엄마다운 어떤 것을 더 중요하게 여겨 온 게 분명하다.

나는 원장을 바라보았다. 그는 절제된 동작으로 매우 근엄하게 걷고 있었다. 땀방울이 이마에 맺혀 있었지만, 닦으려고도 하지 않았다. 얼마나 우스꽝스러운가. 땀을 닦고 싶은데도, 경건한 마음으로 자기 의무를 다하고 있는 모습을 남들에게 보여주기 위해 일부러 그냥 내버려두고 있는 것이다. 그를 존재하게 하는 것은 타인들의 시선이었다. 로봇 같은 그의 모습을 지켜보면서 나는 그의 내면이 텅 비어 있다는 느낌을 떨칠 수 없었다.

도중에, 강렬한 햇살로 인해 아스팔트가 녹아 갈라 터져서 검은 콜타르가 드러나 있는 것을 보았다. 사람들의 발이 그 속에 푹푹 빠졌다. 그 광경은 내게 무척 계시적이었다. 나는 엄마의 장례식을 치르면서 그동안 내 속에서 막연히 느끼고 있던 일종의 욕구불만이 조금씩 점점 더 명확히 감지되기 시작하는 것을 인식하고 있었다. 콜타르가 겉으로 모습을 드러내듯이, 내 속에서 모종의 변화가 일어나고 있는 게 아닐까 싶었다. 나는 내가 무엇을 좋아하고 무엇을 싫어하는지, 무엇을 거북해하고 무엇에 마음이 이끌리는지 분명히 깨닫기 시작한 것이다.

마을이 가까워졌을 때, 간밤의 피로와 온갖 종류의 강한 냄새와 더위와 뜨거운 햇살로 인해 머리가 멍했다. 그때 담당 간호사가 내게 말했다. 천천히 가면 더위를 먹을 우려가 있고, 그렇다고 너무 빨리 가면 땀이 나서 성당 안에 들어갔을 때 오한이 난다는 것이다. 그녀 말이 옳았다. 빠져나갈 길이 없었다. 우리의 삶도 그러하다. 계속 살기도 어렵지만 죽기도 어렵다. 빠져나갈 길이 없다. 삶은 얼마나 부조리한가.

마침내 모든 절차가 끝나고 나는 알제로 돌아왔다. 어렵게나마 사람들이 내게 요구하는 일들을 완수한 것이다. 그런데 또 해낼 수가 있을지는 모르겠다. 지금 내 가슴은 곧 잠자리에 들어 열두 시간 동안 잠을 잘 수 있다는 기쁨으로 가득 차 있다. 관능적인 감각은 인간들이 만들어낸 모든 형식과 절차의 번잡함을 넘어서서 우리로 하여금 위안과 활력을 되찾게 해준다. 우리가 감각을 통해 누리는 모든 것은 솔직하고 본능적이며 진실한 것이다. 그것에 위배되는 모든 것은 위선이다.

2.
다음 날은 토요일이어서 포구에 있는 해수욕장으로 갔다. 그곳에서 나는 마리 카르도나를 만났고, 그녀와 함께 육체의 기쁨을 만끽했다. 나는 그녀와 함께 희극영화를 보았고, 잠자리를 같이 했다. 왜 그러면 안 된다는 말인가. 엄마의 장례식을 치른 다음 날 여자와 어울린다고 해서 어머니에 대한 내 나름의 사랑이 손상되는 건 결코 아니었다.

처음에 마리는 내가 바로 어제부터 상중이라는 것을 알고서 깜짝 놀랐다. 그러나 더 이상 따지려 들지 않았다. 나는 그런 마리가 마음에 들었다. 그녀는 다른 사람들처럼 격식이나 관습에 꽁꽁 묶여 있지 않았다. 그녀는 천성이 밝고 명랑했으며, 나처럼 육체적 감각을 제대로 향유할 줄 알았다. 그녀와 더불어 나는 편안함과 자유로움을 느꼈다. 마리가 떠난 뒤 나는 그녀의 머리카락이 베개에 남겨 놓은 소금 냄새를 더듬으면서 행복감을 느꼈다. 그때 나는 내 몸이 내게 요구하는 것들에 저항하지 않고 따르는 게, 사실은 세상의 관습에 저항하는 것임을 어렴풋이 깨닫고 있었다.

그 후에 나는 혼자 점심을 먹고 신문 스크랩을 했다. 그러고는 저녁 무렵에 의자를 발코니에 내다놓고 그 위에 앉아서 거리를 오가는 사람들을 내려다보았다. 그들은 이 무의미한 삶, 혹은 의미를 찾기가 너무도 어려운 이 삶, 모든 게 모호하고 막막하고 모순된 이 부조리한 삶 속에서 자기들 나름대로 궤적을 그리고자 애쓰며 살아가고 있었다. 나는 나 자신을 포함하여 그들 모두에게 가슴 뻐근한 연민과 유대감을 동시에 느꼈다. 이 우연적인 시공간 속에 던져진 우리는 지금 어디를 향해 나아가고 있는가.

3.
회사에 복귀했다. 점심을 먹으러 사무실을 나서기 전에 나는 늘 손을 씻었다. 그런데 정오 무렵에는 화장실에 비치된 두루마리 수건이 이미 축축하게 젖어 있어서, 손을 닦는 게 그리 즐

접지 않았다. 나는 그 점이 불만이었는데, 사람들은 그런 건 대수롭지 않은 문제라고 일축했다. 나는 거리로 나와서 걷다가 달리는 트럭을 쫓아 뛰어가서 그 위에 올라탔다. 그리고 그 순간 육체의 약동을 강렬하게 경험하면서 해방감을 느꼈다. 몸과 감각, 그것은 무척 중요한 것이다. 몸의 감각에 충실함으로써 우리는 솔직해지는 법, 불필요한 것들이나 가식적인 것들을 벗어버리는 법을 배울 수 있다.

퇴근하는 길에 나는 같은 층에 사는 살라마노 영감과 마주쳤다. 그에게는 스패니얼 종의 개가 있는데, 둘은 단짝이면서 앙숙이고, 그래서 서로 많이 닮아 있다. 그때 또 다른 이웃인 레이몽 생테스가 끼어들었다. 그는 살라마노와 개가 서로 실랑이를 벌이는 것을 보면서, 저 꼴이 역겹지 않느냐고 내게 물었다. 나는 그렇지 않다고 대답했다.

사람들은 레이몽처럼 살라마노의 행태를 보며 비웃기를 일삼는다. 그러나 사실 우리 모두가 남들과 맺는 관계는 살라마노와 개의 관계와 다를 바 없다. 우리는 서로가 없으면 살아갈 수 없지만, 동시에 서로에 의해 고통을 겪는다. 타인은 지옥이지만, 타인이 없으면 나는 나 자신을 인식할 수 없다. 타인이 없으면 나도 없다. 이러한 모순이 곧 삶의 부조리함이다. 삶은 부조리함 위에 근거를 두고 있다.

레이몽이 내게 자기 방에서 저녁을 같이 먹자고 초대했을 때 나는 거절하지 않았다. 사람들은 그가 뚜쟁이고 질이 좋지 못한 사람이라며 손가락질한다. 아마도 그 말이 맞을 것이다.

그러나 그는 체면과 위신에 매달려 자신을 위장하려 하지 않는다. 도덕이나 관습에 얽매이지 않고서 좌충우돌하며 맨몸으로, 그리고 온몸으로 살아가고 있다. 그리고 나는 누군가를 판단하고 비난할 입장에 있지 못하다.

때문에 우리는 서로 대화가 된다. 레이몽이 자기를 속여 넘긴 정부에게 보내는 편지를 써줄 수 있느냐고 물었을 때에도 나는 거절하지 않았다. 무엇보다도 편지를 쓰지 않을 이유를 찾을 수 없었던 탓이었다. 왜 편지를 쓰지 말아야 한다는 말인가? 그 '왜?'라는 질문에 대해 나는 대답을 찾을 수 없었다. 편지를 쓰지 않고 그를 밀어내는 것은 세간의 이목이나 평가, 그리고 도덕이나 관습의 잣대를 가지고서 그를 대하는 일이 될 터이다. 아니면 편지를 쓰지 않기 위해 핑계를 둘러대서 그를 속이고 나를 속여야 할 것이다. 나는 그러고 싶지 않았다. 내게 레이몽은 나처럼 자기 나름의 방식으로 묵묵히 살아가는 한 인간일 따름이었다.

4.

며칠 동안 나는 열심히 일했다. 나는 내게 주어진 일에 최선을 다하는 사람이다. 달리 말해, 나는 내가 마땅히 해야 할 일을 귀찮아하는 사람이 아니라는 것이다. 나는 마리와 즐거운 시간을 자주 보냈다. 그녀는 몸과 마음이 건강한 여자다. 그리고 나만큼이나 감각과 육체를 중요하게 여기고 있다. 나는 그 점이 좋다. 그녀와 더불어 보내는 시간은 쾌적하다. 그것은 무척 중요한 것이다.

어느 날 그녀가 내게 자기를 사랑하느냐고 물었다. 나는 잠시 생각에 잠겼다. 나는 그녀를 좋아했다. 사랑한다고 해도 틀린 말이 아니다. 나는 내 방식으로 마리를 사랑한다. 나는 그녀에게 특별한 감정을 가지고 있다. 그런데 내가 그녀를 사랑한다는 말을 입 밖으로 내는 순간, 그 감정은 일반적인 것이 된다. 그리고 '사랑'이라는 것의 외부적이고 형식적인 것들에 의해 규정되고 얽매인다. 나는 그 점이 싫다. 왜 사람들은 이 특별한 감정을 꼭 사랑이라는 단어 속에 가둬야만 안심을 할 수 있는 것일까.

그래서 나는, 그런 건 별로 중요하지 않지만, 아마도 아닌 것 같다고 대답했다. 그녀는 순간 슬픈 표정을 지었으나, 곧 쾌활하게 웃어주었다. 아직 그녀는 충분히 내 속마음을 읽지는 못해도, 어느 정도 나를 이해하고 있고 그러려고 노력한다. 그녀는 나와 같은 부류다.

그때 레이몽의 방에서 소동이 벌어졌다. 정부가 울부짖고 경찰이 오고 레이몽이 경찰에게 뺨을 맞았다. 나중에 나는 레이몽과 외출하여 함께 시간을 보냈다. 물론 레이몽의 행동이 내게 탐탁하게 여겨지는 건 아니다. 그러나 나는 소위 공권력이라는 것을 등에 업고 무소불위의 행동을 벌이는 경찰들에게 거부감을 느낀다. 그리고 그 앞에서 꼼짝 못하는 레이몽에게 연민과 동질감을 느낀다. 그나 나나 도덕이나 관습이나 법 앞에서 더할 나위 없이 무기력한 존재다. 그러고 보면 비록 꼭 바람직하다고는 할 수 없어도 레이몽은 나름의 방식으로 그 도덕과 관습과 법에 대해 대항하고 있다. 그래서 그는 사람들에게 지탄을 받고 있는 것이다. 그러나 적어도 지금 나는 레이몽처럼 반발하지 못하고 있다. 내가 그를 멀리 하지 않는 까닭도 거기에 있을지 모른다.

또 하나의 사건은, 살라마노 영감이 개를 잃어버린 것이다. 그는 사라져버린 개에 대해 애착과 분노를 동시에 느끼고 있다. 그러다가 결국 자기 방에서 혼자 울음을 터뜨렸다. 그 소리를 듣고 있자니 기분이 착잡했다. 자기가 소유하고 있는 것에 예속되어 있는 것, 소유하고 있어서 기쁘지만 예속되어 있어서 화가 나는 것, 그게 인간들 관계의 한 속성이 아닐까 하는 생각이 들어서였다. 이 또한 참으로 부조리한 일이다.

5.

사장이 나를 불러서 파리에 지사를 내려하는데 한 번 맡아보지 않겠냐고 제안했다. 내가 그럴 의향이 없다고 하자, 사장은 나를 나무라며 삶의 변화에 관심이 없냐고 물었다. 나는 사람이란 결코 삶을 바꾸지 못하고, 따지고 보면 모든 삶은 다 마찬가지라고 대답했다. 그게 내 솔직한 심정이다. 사람들은 수시로 외적인 변화를 꾀하면서 그것으로 삶의 변화를 이루고 있다고 착각한다. 정작 자기 자신은 조금도 변하지 않으면서, 주변 환경을 바꾸는 데 급급하는 것이다. 그보다는 차라리 외적인 변화를 꾀하지 않는 것이 자기 자신과 잘 화합하며 솔직한 삶을 살아갈 수 있는 방법이다. 섣불리 외적인 변화를 받아들이면 또 거기에 적응해야 하고 타협해야 한다. 그러면서 내 속의 나다운 것을 또 상당히 잃어버릴 수밖에 없다. 내 삶에 주어진 이 한정된 시간의 소모는 말할 것도 없고.

저녁에 마리가 내게 자기와 결혼하고 싶으냐고 물었다. 나는 그건 아무래도 상관없고, 마리가 원한다면 그렇게 할 수 있을 것이라고 대답했다. 그러자 그녀는 자기를 사랑하느냐고 물었고, 나는 지난번과 같은 대답을 했다. 그러자 그럼 왜 자기와 결혼하려 하느냐고 물었다. 거기에 대한 대답은 간단하다. 그것은 결혼이 중요한 게 아니기 때문이다.

이미 말했지만, 내가 마리에 대해 가지고 있는 좋은 감정을 꼭 사랑이라는 표현으로 규정하는 게 나는 싫다. 사랑하는 사람들에게 사랑이라는 말은 불필요하다. 사랑을 하면서도 자기 사랑에 불안해하거나 그 사랑에 더 많은 욕심을 내는 사람들이 '사랑'이라는 말을 필요로 하는 것이다. 결혼도 마찬가지다. 우리 스스로 즐겁고 쾌적한 관계를 이끌어 나가는 게 중요한데, 왜 굳이 '결혼'이라는 관습과 제도의 힘을 빌려야 한다는 말인가. 하지만 내가 좋아하는 사람이, 그게 누구든 간에, 굳이 우리 사랑에 관습적이고 제도적인 장치를 끌어들이기를 원한다면 나는 그 정도는 희생해줄 용의가 있다. 상대방에 대한 전적인 선의에서 말이다.

마리는 실망한 기색이 역력했지만, 곧 내가 이상한 사람이고, 아마도 그래서 나를 사랑한다고 말했다. 그 말을 듣고서 나는 그녀에게 신뢰감을 느꼈다. 그녀는 이방인을 사랑할 수 있는 사람이다. 그러나 곧 그녀가 언젠가 같은 이유로 내가 싫어질 것이라고 중얼거렸을 때 나는 안타까웠다. 그러나 아무 말도 하지 않았다. 우리는 누구나 혼자고 자유다. 때문에 그 혼자고 자유인 두 개인이 서로 만나 하나의 관계를 맺는다는 건 경이로운 일이다. 그러니 상대방을 관계의 틀 속에 가두어두려는 어떤 행동도 하지 않기 위해 조심해야 한다. 중요한 건 각자의 자유의지다. 그것이 내가 자주 침묵하는 이유이기도 하다.

내가 사장의 제안에 대해 이야기하자, 마리는 파리가 어떤 곳이냐고 물었다. 나는 더럽고 어둡고, 사람들은 모두 피부가 하얗다고 대답했다. 사실, 내가 사장의 제안을 거절한 것도 그래서이다. 나는 대도시를 좋아하지 않는다. 그곳에서는 훨씬 촘촘하게 짜인 일과에 의해 움직이지 않을 수 없다. 게다가 도시의 그늘에 가려지고 그 그늘 속으로 끌려들어가서 도시의 일부분으로 살아갈 수밖에 없다. 그런 곳에서는 관습과 제도가 더 강력하게 힘을 발휘한다.

거리를 걸을 때 내게는 여자들이 하나같이 아름다웠다. 자기가 좋아하는 한 여자에게서만 아름다움을 찾으려 하지 않고 모두에게서 아름다움을 느끼는 것이야말로 공정하고 열린 마음을 유지하는 것이다. 그러면서도 한 여자에게 특별한 마음을 가지는 것, 그것이야말로 솔직하고 진실하게 살아가는 방법이다. 마리는 내 생각을 이해해주었다. 그녀도 공정하고 열린 마음으로 나를 대하고 있는 것이다.

172

셀레스트네 식당에서 저녁식사를 할 때, 이상한 여자를 보았다. 그녀는 몸짓이나 행동 하나하나가 신경질적으로 짧게 끊어지는 듯한 인상을 주었다. 그러면서 끊임없이 뭔가를 했는데, 마치 로봇을 보고 있는 것 같았다. 그녀가 밖으로 나갔을 때 나는 한동안 그 뒤를 따라갔다. 그런데 왜 나는 그녀를 따라간 것일까? 그녀는 가만히 있으면 불안한 모양인지, 일종의 물리적인 리듬을 자기 자신에게 쉬지 않고 부여하고 있었다. 그런 식으로 그녀는 불안정하게 존재하고 있었다. 그런데 나는 그녀에게서 문득 나 자신의 모습을 본 게 아닐까. 나는 적어도 그녀와는 다르다고 생각하면서도, 어쩌면 나도 저런 모습으로 살고 있다고 느낀 게 아닐까. 그런 생각을 하던 중에 결국 나는 그녀를 시야에서 놓쳐버렸다.

귀가했을 때 문간에서 살라마노 영감과 마주쳤다. 그는 개를 영영 잃어버렸다고 말했다. 나는 그에게 다른 개를 기르면 되지 않느냐고 말했다. 그는 그 개에게 익숙해져 있어서 그러기가 어렵다고 했다. 일리가 있는 말이었다. 그러나 익숙해졌다는 건 길들여졌다는 것이고 그건 곧 예속되었다는 것을 의미한다. 그는 다른 개를 들이지 않는 게 그 잃어버린 개에 대한 사랑을 스스로 확인하는 방법이라고 생각하고 있었다. 그러나 내가 보기에 지금 그는 예전 개에게 길들어지고 예속되어서 새로운 가능성을 찾지 못하고 있을 따름이었다.

그런 생각이 들자 나는 그가 약간 성가셨다. 당연히 나 또한 뭔가에 대해 귀찮다고 느낄 때가 있다. 그러나 살라마노 영감이 내게 귀찮아졌던 까닭은 내가 그에게 해줄 말이 아무것도 없었고, 무슨 말을 하던 그가 들으려 하지 않는다는 생각이 들었기 때문이었다. 그가 내 말을 들으려 하지 않을 때, 나는 그의 앞에 진실로 존재하는 게 아니다. 마찬가지로 내가 그를 귀찮게 여길 때, 그는 내 앞에 진실로 존재하는 게 아니다.

그러나 그가 이런 저런 말을 하던 끝에 나와 엄마의 관계에 대해 모든 것을 이해한다고 말했을 때, 나는 문득 깨달았다. 이 사람은 고독하구나. 물론 개와 더불어 있을 때도 고독했지만, 그래도 개를 통해 간신히 고독을 이겨내 왔는데, 이제 개가 사라진 지금 더 이상 고독을 지우려 하지 않고 그 고독을 있는 그대로 받아들이고 있구나. 고독이 두려워서 개와의 동거를 택했는데, 이제는 고독 속에서 자기 자리를 찾았구나. 그리고 사람은 고독 속에 있을 때 그동안 보지 못하던 것을 보게 되고, 하지 못하던 행동을 하게 되는구나. 이 사람은 지금 나와 그리고 자기 자신에 대해, 살아 있는 모든 사람들에게 조금씩 마음을 열고 있구나.

6.
하루 중에 나는 아침에 깨어나기가 특히 힘들다. 아마도 그 까닭은, 잠결에 나 자신이 나의 몸과 온전히 하나라는 느낌을 받고 있다가, 이제 그만 세상의 체제 속으로 다시 들어서기 위해 멍한 정신으로 몸을 일으키는 게 그리 내키지 않기 때문일 것이다.

174

마리가 와서 나를 깨웠다. 레이몽이 해변에 있는 친구의 별장으로 나와 마리를 초대한 것이다. 집 앞에서 레이몽을 만났다. 그의 하얀 팔뚝은 검은 털로 덮여 있었는데, 보기에 그리 좋지 않았다. 아마도 야성을 부자연스럽게 과시하고 있는 그 모습이 내 시각을 어지럽힌 탓인 것 같았다.

도중에 레이몽이 만나던 여자의 오빠를 포함한 아랍인들과 마주쳤지만 나는 대수롭지 않게 넘겨버렸다. 나는 백사장 끝에 있는 조그만 목조 별장에서 레이몽의 친구 마송과 그의 아내를 만났다. 마송에게는 묘한 말버릇이 있었는데, 하기야 그런 자기만의 독특한 특징을 가지는 것도 이 세상에 실존하고 있다는 느낌을 매순간 되살리는 방법일 것이다.

나는 마리와 단 둘이 수영을 하면서 다시금 물과 몸의 감촉을 즐겼다. 별장으로 돌아와 점심을 먹었는데, 식사를 마치고 났을 때도 오전 아직 열한 시 반이었다. 우리가 놀라자 마송은 배고플 때가 곧 식사시간이니까 별로 이상할 것도 없다고 말했다. 나는 그 말이 마음에 들었다. 세상의 시계에 우리를 맞추지 않고 우리 몸과 마음의 시계에 따라 살아가는 것은 얼마나 멋진 일인가.

여자들이 설거지를 하는 동안 남자들은 바닷가로 내려갔다. 태양이 모래 위에 거의 수직으로 내리쬐고 있었고, 바다 위에 반사되는 햇빛은 눈을 뜰 수 없게 했다. 지면에서 올라오는 열기로 인해 숨을 쉬기가 어려웠다. 마치 세상이 낯설고 거칠게 나를 압박하는 듯했고, 나는 위축감을 느꼈다. 그러나 곧 내 속에서 뭔가가 부풀어 오르는 듯한 느낌이 들면서 그 위축감을 떨쳐버리고 싶은 충동이 일어났다.

그때 우리는 다시 아랍인들과 마주쳤고, 곧 싸움이 벌어졌다. 나는 나서지도 않았지만 물러서지도 않았다. 내게는 이 모든 게 나에 대한 세상의 도전처럼 여겨졌다. 결국 레이몽이 다쳤고 아랍인들은 달아났다. 우리는 태양 아래 못 박힌 듯 우두커니 서 있었고, 레이몽은 핏방울이 떨어지는 팔을 움켜쥐고 있었다.

레이몽이 치료를 받은 후에 나는 그와 함께 다시 해변을 걸었다. 백사장이 끝나는 곳에서 우리는 커다란 바위 앞의 작은 샘에 도착했다. 그리고 그곳에서 두 번째로 아랍인들과 마주쳤다. 그중 한 사내는 조그만 갈대 피리를 불고 있었는데, 곁눈으로 우리를 지켜보면서 피리로 낼 수 있는 세 가지 음만 계속 되풀이하고 있었다. 한동안 나지막한 샘물소리와 세 가지 음의 반복적인 울림, 그리고 태양과 침묵만이 대기를 가득 채우고 있었다.

나는 레이몽에게서 총을 건네받았다. 우리와 아랍인들은 어느 쪽도 눈길을 내리지 않고 서로 뚫어지게 바라보았고, 모든 게 여기, 바다와 모래와 태양, 피리 소리와 물소리로 인한 이중의 침묵 사이에서 정지해 있었다. 그 순간 나는 총을 쏠 수도 있고 쏘지 않을 수도 있다고 생각했다.

왜까? 왜 그때 이미 나는 총을 쏠 수도 있고 쏘지 않을 수도 있다고 생각한 것일까? 그 이유는 여전히 명확하지 않다. 그러나 분명 그 단조로운 가락과 더불어 침묵과 부동의 분위기가 내 목을 조르는 듯했다. 그러자 그동안 나를 옥죄던 모든 것들이 내 몸에 새겨진 기억 속에서 한꺼번에 되살아났다. 그와 동시에 다시금 내 속에서 뭔가가 부풀어 오르는 듯한 느낌이 나를 사로잡았다.

나는 나를 위축시키는 이 삶을 견딜 수 없었다. 나를 마비시키는 이 단조롭고 진부한 일상에서 벗어나고 싶었다. 또 다시 이대로 머물러서는 안 되었다. 무슨 일이든 일어나야 했다. 내가 안주하고 있는 이 세상을 부숴버리고서, 우연적이고 파괴적인 운명에 몸을 맡기고 싶었다. 그러기 위해서 나는 방아쇠를 당길 수도 있었다. 예전에는 내 속에서 이런 반항의 기운을 감지하지 못한 게 사실이다. 아마도 엄마의 장례식을 전후하여 내 속에서 모종의 변화가 일어난 게 분명했다.

그러나 아랍인들이 먼저 뒷걸음질 쳐서 물러나버렸고, 충돌은 일어나지 않았다. 나는 별장까지 레이몽과 동행했다. 그러나 별장 안으로 들어가고 싶지 않았다. 겁에 질린 여자들을 안심시키기 위해 어차피 뻔한 말을 늘어놓는 게 내키지 않았기 때문이었다. 하지만 열기가 어찌나 심한지 뜨거운 햇빛을 받으며 우두커니 서 있는 것 역시 고통스러웠다. 여기에 머물러 있든 떠나든, 마찬가지였다. 나는 바닷가 쪽으로 몸을 돌려서 걷기 시작했다.

태양이 여전히 붉게 작열하고 있었다. 바다도 가쁜 숨을 몰아쉬고 있었다. 나는 강한 햇빛에 머리가 터질 듯했다. 극심한 열기가 나를 내리누르면서 내가 앞으로 나아가는 것을 막고 있었다. 그러나 태양의 뜨겁고 세찬 숨결이 얼굴에 느껴질 때마다 나는 이를 악물었고, 태양을 이기기 위해 온몸을 팽팽하게 긴장시켰다. 나는 다시금 페레 영감과 시시포스를 머리에 떠올렸다. 그러면서 태양에 짓눌리는 느낌을 떨쳐내기 위해 계속해서 앞으로 나아갔다. 지금 이 순간 내게는 앞으로 나아가는 움직임 그 자체가 무엇보다도 중요했다.

나는 샘이 있는 바위 쪽으로 향했다. 샘물의 속삭임을 다시 듣고 싶고 그늘 속에서 쉬고 싶었다. 그런데 그곳에는 아까 레이몽이 상대했던 사내가 돌아와 있었다. 그는 나를 보자마자 몸을 약간 일으키고서 주머니에 손을 집어넣었다. 나는 반사적으로 웃옷에 들어 있던 레이몽의 권총을 움켜쥐었다.

파도 소리는 정오 때보다도 더 나른하고 잠잠해져 있었고, 시간은 정지되어 하늘에는 두 시간째 같은 태양이 떠 있었다. 태양은 나 또한 나른하고 잠잠하게 정지되어 있기를 요구했다. 그러나 뜨거운 햇빛에 이마가 아팠고, 이마 주변의 모든 혈관이 살갗 아래에서 펄떡거렸다. 그리고 그 순간 내 속에서 반항의 기운이 요동치며 일어났다. 나는 그 자리에 무기력하게 붙잡혀 있고 싶지 않았다. 나는 한 발 더 앞으로 나아가야 했다.

나는 그런다고 해서 내가 태양으로부터 벗어날 수 없다는 것을 잘 알고 있었다. 그러나 이해할 수 없는 결핍감이 나를 사로잡으면서 낯설고 강한 충동을 일으켰다. 그것은 내 실존을 방해하는 그 무엇, 사람들이 인간의 본질이라고 호도하며 우리 모두에게 강요하고 있는 그 무엇을 부숴버리고 싶은 욕구였다.

바닷가의 정적과 열기가 내 온몸의 감각을 고통스럽게 깨어나게 하면서, 그동안 나를 내리누르던 그 모든 것을 떨쳐버리도록 종용하고 있었다. 그리하여 내 생생한 감각이 이끄는 대로 그 충동 속으로 뛰어들도록 나를 몰아붙이고 있었다.

마침내 나는 한 발짝, 단 한 발짝을 앞으로 내디뎠다. 나는 관습의 세계 속에서 아슬아슬하게 붙들고 있던 끈을 끊고 싶었다. 말하자면 나는 내 앞을 가로막고 있는 관성과 인습의 굴욕적인 벽을 넘어서고 싶었다. 그러기 위해 나는 나 자신을 넘어서야 한다. 이제 나는 물러섬이 없이 명증하게 모든 것을 본다. 관습이나 제도의 그늘 속에 숨어 있지 않고, 그 밖으로 나와서 진실의 태양을, 그것이 내뿜는 뜨겁고 강한 햇살을 온몸으로 받는다. 그리하여 마침내 나 자신이 태양이 되어 스스로 끓어오른다.

그 순간 아랍인이 칼을 꺼냈다. 그와 동시에 칼날에 반사된 햇빛이 속눈썹 사이로 파고들어 내 쓰라린 두 눈을 후벼 팠다. 마치 하늘이 활짝 열리면서 불의 비가 쏟아져 내리는 것 같았다. 얼핏 두려움 같은 것이 머리를 스쳐지나갔다. 태양이 반사광이 되어 다시금 나를 압도하여 위협하고 억누르려 하고 있었다. 나는 더 이상 참을 수 없었다.

내 전 존재가 팽팽하게 긴장되었고, 나는 권총을 힘껏 그러쥐었다. 왜 총을 쏘지 말아야 한다는 말인가. 그리고 왜 하필이 남자라는 말인가. 나는 그 이유를 알 수 없었다. 사실 그런 건 중요하지 않았다. 다만, 총을 쏘지 않는 건 저 진부한 관습의 세계로 돌아가는 것과 다를 바 없었다. 어차피 진실은 전부

해설 179

혹은 아무것도 아니다. 타협은 있을 수 없다. 그 순간 내 속에서 뭔가가 내게 끝까지 나아가라고 소리치고 있었다.

　마침내 나는 선택했다. 방아쇠가 당겨졌고, 나는 비극적 운명의 도전을 받아들였다. 그 순간 그 남자의 몸은 우리를 압도하는 저 도저한 태양과도 다르지 않았다. 나는 태양에 도전하고 있었다. 나의 이름 뫼르소(Meursault)는 '태양(sault)'과 '죽음(meurs)'이 합쳐진 말이다. 그런데 왜 총 쏘기를 멈춰야 한다는 말인가. 나는 멈춰야 할 이유를 알 수 없었다. 그래서 축 늘어진 몸에 네 발을 더 쏘았다. 나는 총을 네 발 더 쏘는 것을 선택했다. 다만 그렇게 선택한 것일 뿐, 다른 이유는 없었다. 그리고 시체에 총알을 계속 박아 넣는 그 비인간적인 선택을 통해, 나는 내 속에서 아직도 뭔가 망설이게 하고 순응하게 하는 마지막 벽을 허물어버리려 한 것이었다. 나는 비합리와 부조리에 나 자신을 맡겨버렸다. 그리하여 돌아갈 길을 스스로 끊었다. 나는 내 반항심을 본능적으로 밀고 나갔다. 아마도 훨씬 나중에야 나는 지금 내가 벌인 행동의 진짜 이유를 알게 될 것이다.

　총알들은 흔적도 남기지 않고 죽은 육체 속으로 깊숙이 박혔다. 그리고 그때 나는 불행의 문을 두드리는 네 번의 짧막한 노크 소리를 들었다.

7.

구속된 후에, 나는 곧바로 여러 차례 심문을 받았다. 검사는 커튼을 친 방에서 나를 맞았다. 나를 의자 위에 앉게 하고서 자신은 어둠 속에 자리를 잡고 있었는데, 모든 게 장난처럼 여겨졌다. 막연하게나마 나는 내가 나도 모르는 사이에 무대에 올랐고, 연극이 시작되었다는 것을 예감할 수 있었다.

변호사를 만났는데, 그가 처음 꺼낸 화제는 놀랍게도 엄마에 대한 것이었다. 그는 엄마의 장례식 때 내가 슬퍼하는 사람처럼 행동하지 않은 게 감정을 억제했기 때문이었냐고 물었다. 나는 아니라고, 평소처럼 자연스럽게 행동했을 뿐이라고 대답했다. 변호사는 마치 내게 약간 혐오감이라도 느낀 듯한 표정을 지었고, 그때 비로소 나는 그날 내가 취한 자연스런 행동이 다른 사람들의 도덕적이고 관습적인 기준에서 보자면 전혀 자연스런 행동이 아니었다는 사실을 절감했다.

검사는 심문 중에 내게 왜 바닥에 쓰러진 시체에다 총을 쏘았냐고, 그리고 첫 발과 두 번째 발 사이에서 왜 기다렸느냐고 다그쳐 물었다. 나로서는 그때의 내 심정을 그에게 적절히 설명할 수가 없었다. 그래서 특별한 이유는 없고, 단지 결과적으로 그런 상황이 벌어졌을 뿐이라고 대답했다. 그러자 검사는 답변이 무성의하다고 나를 비난했다. 그때 나는 내가 이 무대를 위해 마련된 각본에 따라 검사가 원하는 말을 들려줘야 한다는 사실을 깨달았다. 그러지 못하면 나는 무척 불리한 입장에 처할 뿐만 아니라, 한순간에 끔찍한 괴물이 될 수도 있었다.

하지만 내가 보기에 삶은 부조리하고, 이 부조리한 상황에서 합리적이고 논리적인 설명을 이끌어내는 것은 곧 거짓말을 하는 것이나 다를 바 없었다. 그러고 보니 지금 검사는 내게 나

자신을 속여서 거짓말을 하도록 요구하고 있었다. 하지만 나는 결코 거짓말을 하고 싶지 않았다.

그때 갑자기 검사는 내게 십자가를 내밀며 회개할 것을 요구했다. 그러나 나는 신을 믿지 않았다. 사람들은 이 힘겹고 두렵고 이해할 수도 없는 삶에서 도피하기 위해 자살을 하는 경우가 있는데, 그 자살에는 두 가지 종류가 있다. 하나는 육체적인 자살이고, 다른 하나는 형이상학적 혹은 정신적 자살이다. 당연히 육체적인 자살은 스스로 목숨을 끊는 것이고, 정신적 자살은 종교나 철학 속으로 숨어들어 그로부터 삶의 문제에 대한 해답을 찾는 것이다. 요컨대 종교에 귀의하여 모든 것을 신에게 귀착시키는 것은 곧 삶에 등을 돌리는 것인데, 그것은 다름 아닌 스스로 목숨을 끊는 행위라는 게 내 생각이다. 그런 의미에서 신의 전능함을 부르짖는 검사의 행동에서 나는 이미 정신적으로 죽은 자의 광기를 보았다.

결국 검사와 변호사는 나와 언쟁을 벌이기를 포기했고, 그 후로 우리는 마치 한 가족처럼 화기애애하게 이야기를 나누었다. 그러나 그때 이미 그들은 나에 대해 관심을 거두어버린 상태였다. 나는 그런 줄도 모르고서 오히려 그들과의 다정한 대화를 즐기기까지 했다. 그들에 비하면 나는 얼마나 순진하고 선의로 가득 찬 사람인가.

8.
수감된 후로 나는 새로운 것을 많이 경험했다. 첫날 같은 감방의 아랍인 수감자들은 내가 아랍인을 죽여서 구속되었다는 사실을 알고서도 돗자리를 어떻게 펴고 어떻게 한쪽 끝을 말아서 베개를 만드는지 가르쳐주었다. 면회장에서는 자유를 잃은 인간들이 마치 불구자들이나 정신병자들처럼 서로에게 절박하게 매달리는 광경을 목도할 수 있었다. 처음에는 담배를 피우고 싶은 욕구와 여자를 안고 싶은 욕망이 나를 힘들게 했으나 차츰 결핍에 익숙해지면서 새로운 습관을 얻어나갔다.

감옥 밖에서의 일들을 상세히 떠올리면서 시간을 죽이는 방법도 고안했는데, 그때 나는 단 하루를 산 사람이라 해도 감옥에서 백 년을 어렵지 않게 살 수 있음을 깨달았다. 그러고 보면 우리에게 하루하루의 실존은 백 년의 가치를 가지는 것이다.

그렇게 많은 잠을 자고 깨어 있는 동안에는 과거를 회상하며 시간을 보내던 중에, 문득 나는 어디에서든 삶이란 곧 감옥에 갇힌 상황과 별 다를 바가 없다는 데 생각이 미쳤다. 살아 있는 우리는 죽음이라는 자물쇠가 채워진 감옥 안에 들어 있고, 출구는 어디에도 없었다.

9.

마침내 재판이 시작되었다. 처음 한동안 나는 그 재판의 주인공이 나인 줄로 알았다. 그러나 배심원들은 전차의 긴 의자 위에 앉아 있는 익명의 승객들처럼 나를 물끄러미 건너다볼 뿐이었다. 그런가 하면 신문기자들과 경관들은 마치 클럽 같은 곳에서 서로 만난 사이처럼 즐거운 표정으로 담소를 나누었다.

그로 인해 나는 내가 불필요한 존재, 조금은 불청객 같다는 느낌을 받지 않을 수 없었다. 저들에게는 자기들의 도덕과 관습을 재확인하고 공고히 하기 위한 절차가 중요할 뿐이고, 나는 그 목적을 위해 동원된 수단에 불과했다.

간간이 나를 빤히 바라보는 사람들과 눈이 마주치기도 했는데, 그럴 때면 마치 나 자신의 눈으로 나를 바라보는 듯한 이상한 느낌이 들었다. 그리고 그 덕분에 나는 점차 나 자신을, 그리고 법정 안에서 내가 처해 있는 상황을 객관적으로 바라볼 수 있게 되었다.

이윽고 증인 심문이 시작되었다. 증인들도 나만큼이나 증언 과정의 요식적이고 부자연스런 절차에 어리둥절하고 있었다. 그때 나는 그런 절차가 저들에 의해 자기들이 원하는 방향으로 증언을 교묘하게 유도하는 데 이용될 수 있음을 알았다. 그렇게 하여 진실은 쉽사리 왜곡되거나 감추어질 수 있는 것이다.

그러고 보면 법정도 부조리한 우리 삶의 축소판이었다. 모든 게 부조리했다. 나와 가까운 증인들은 모두가 이번 사건이 정당방위에 의해 우발적으로 이루어진 것이라고 주장했다. 그러나 검사는 이 사건과는 별로 관계가 없는 사람들을 동원하여 엄마의 장례식 날을 끊임없이 들먹이면서 나를 인륜에 어긋난 패륜아로 몰아나갔고, 마침내는 살인도 나의 그런 성향에서 비롯된 필연적인 행동이었다고 못을 박았다. 그것이 바로 이 재판의 실상이었다. 모든 게 사실이었고, 또 어느 것도 사실이 아니었다. 나는 내가 살인을 했기 때문에 기소된 것인지 엄마의 장례를 치렀기 때문에 기소된 것인지 알 수 없었다. 그러나 냉혹한 기계장치처럼 굴러가는 인위적인 절차 앞에서 상식은 무력했다.

그래도 나는 어느 정도 의연함을 보여주었다. 관리인이 나와 담배를 피웠다고 증언했을 때, 담배를 권한 건 나였다고 분명히 말했다. 그리고 레이몽이 나의 친구냐는 질문을 받았을 때, 나는 망설이지 않고 그렇다고 대답했다. 그러나 나는 내 속에서 뭔가가 무너져 내리는 것을 느끼고 있었다. 친숙하고 다정하게 여겨지던 저녁의 소리와 냄새와 색깔이 내게서 멀어져 가는 느낌이 들었고, 이제 내가 마주할 게 나의 감방뿐이라는 사실이 나를 절망하게 했다. 하지만 나는 그 결핍감과 절망감 속에서 우리 삶의 무서운 진실을 대면할 용기를 얻어가고 있었다.

10.

내가 보기에도 검사는 꽤나 유능했다. 나는 때때로 그가 사용하는 용어를 이해하기가 어려웠다. 예컨대 그가 "그의 정부"라고 말했을 때, 나는 그것이 마리를 가리키는 말이라는 것을 깨닫는 데 시간이 걸렸다. 그런 식으로 그는 말을 왜곡했고, 더 나아가 상황을 왜곡했다.

검사는 나를 "저 사람은"이라고 부르면서도 나를 쳐다보지도 않았다. 변호사는 나에 대해 변론을 하면서 스스로 나 자신이 되어 "나는"이라는 표현을 썼다. 이 법정이라는 우리 삶의 축소판에서 나는 더 이상 존재하지 않았다. 나는 제외되고 대체되어버려서 있으나마나 한 존재가 되었다. 내 의견이 고려되지도 않은 채 나의 운명이 결정되는 중이었다. 내가 나의 실존을 회복할 방법은 무엇인가. 이 무대 위의 유일한 주인공은 무지한 인간들이 젖줄처럼 매달리고 있는 저 도저한 관습 그 자체였다.

검사와 변호사가 내 영혼을 놓고 벌인 논쟁은 꽤나 인상적이었다. 검사는 내 속을 들여다보니 영혼이라는 게 아예 없고, 인간적인 면은커녕, 사람다운 심성을 지켜주는 도덕적인 신조도 전혀 찾아볼 수 없었다고 말했다. 그런가 하면 변호사는 자기도 내 영혼을 들여다보고서 내 마음을 읽을 수 있었는데, 나는 타인들의 불행에 동정심을 느끼는 선량한 인물이라는 것이었다. 나로서는 이 점 또한 어리둥절하고 우스꽝스러웠다. 지금 그들은 객관적인 증거를 들먹이면서 내 영혼에 대해 재판을 벌이고 있는 것이었다. 대체 영혼에 대한 재판이라니! 그러다가 변호사 쪽이 점차 밀리면서, 차츰 나는 영혼이라는 게 아예 없거니와, 인간적인 면은커녕 사람다운 심성을 지켜주는 도덕적인 신조도 전혀 찾아볼 수 없는 인물이 되어갔다.

내게 발언의 기회가 주어졌을 때, 나는 태양 때문이었다고 말했다. 물론 나는 그 말로 인해 내가 조롱거리가 되리라는 걸 알고 있었다. 사람들이 듣기에 그 말은 부조리한 발언이었다. 하지만 그들은 자신들이 우리 삶의 근원적인 부조리함을 이해하지도 받아들이지도 못하는 탓에 내 말을 부조리하다고 여기고 있으리라고는 짐작도 못하고 있었다.

결국 검사에 비해 변호사의 역부족이 확연히 드러났다. 그러나 그것은 삶의 가치에 대해 어느 한쪽으로 막무가내의 확신을 가진 자가, 주저하고 머뭇거리고 모색하는 자에 대해 거둔 승리였다.

마침내 평결이 내려지게 되었을 때, 이번에도 나는 완전히 소외되었다. 판결은 내가 없는 상태에서 내려졌고, 나는 그 뒤에야 법정에 다시 들어갈 수 있었다.

채판장은 내게 사형을 선고했다. 나는 존속살해범보다 더 사회를 위협하는 인물로서 관용보다는 정의의 심판을 받아야 마땅하다는 결론이 내려진 것이다. 방청객들이 나를 낯선 표정으로 바라보았는데, 그건 분명 일종의 경의의 표현이었다. 그 순간, 나는 내가 원한 건 어쩌면 바로 그 경의의 표현이었는지도 모른다는 생각이 들었다. 일상의 마비감에서 벗어난 자, 전체의 권위에 도전한 자, 삶의 부조리함을 꿰뚫어 본 자에게 보내는 경의의 표현 말이다.

11.

감방에서 지내는 시간이 연장되는 동안 나는 우리의 삶과 사형수의 수감 생활이 서로 무척 유사하는 사실을 수시로 절감했다. 이 세상은 사형수의 감옥이다. 사람들은 사형수처럼 곧 죽음으로 끝나게 될 이 삶이라는 감옥에 갇혀 있다. 그런 점에서 감옥 밖에 있으나 안에 있으나 다를 바가 없다.

죽음은 무엇보다도 중요한 문제다. 우리는 죽음이 두려워서 그것에 대해 생각하는 것을 피할 뿐이다. 그러나 죽음에는, 우리가 생각하는 것처럼, 신비함이 없다. 일상의 연장 속에서 어느 날 문득 졸지에 찾아오는 것이다. 내가 상고의 기각을 받아들인 것도 그래서이다. 죽는 바에야 어떻게 죽든 언제 죽든 그런 건 문제가 아니다. 상고를 해서 감형을 받든, 만에 하나 특사로 풀려나든, 약간의 시간을 구걸하여 얻는 것일 따름이다.

어차피 인생이 살 만한 가치가 없다는 것은 누구나 알고 있다. 인생은 너무도 부조리하여 매순간 우리를 미혹에 빠트린다. 사랑도 그 미혹 중의 하나다. 이제 마리와 나 사이의 관계는 완전히 끝이 났다. 우리는 위안을 얻기 위해 우리 사이의 관계에 집착하는데, 그것이 곧 사랑이다. 때문에 사랑에 지나치게 중요한 의미를 부여하는 건 종교에 매달려 삶을 있는 그대로 경험하지 못하는 것이나 다를 바 없다. 나는 그렇게 마리를 떠나보냈다.

며칠 후 신부가 감방 안으로 들어왔다. 내가 신을 믿지 않는다고 하자, 그는 사람들은 때로 자기들이 확신하고 있다고 믿지만 사실은 그렇지 못한 법이라고 타이르듯이 내게 말했다. 나는 어이가 없었다. 그 말은 신의 존재를 확신하고 있는 신부에게도 마찬가지로 적용될 수 있는 게 아닌가.

나는 그와 눈싸움을 했다. 나는 누구보다도 눈싸움에 자신이 있었는데, 신부 역시 눈길이 조금도 흔들리지 않았다. 그는 내가 아무 희망도 없이, 죽어서 완전히 소멸되는 게 두렵지 않느냐고 물었다. 물론 나는 두려웠다. 하지만 완전한 소멸이 두

렵다고 해도 그게 분명한 진실인 터에, 종교니 철학이니 사랑이니 하는 것에 기대는 건 무의미한 짓이었다.

그때 나는 그가 흥분한 상태라는 것을 감지하고서 그의 말에 좀 더 귀를 기울였다. 그에게서 뭔가 인간적인 말이 나오지 않을까 기대했기 때문이었다. 그러나 그는 이 세상 모두가 죄인이고, 이 세상 만물에 하느님의 은총이 배어 있으며, 인간의 정의는 아무것도 아니고 오직 하느님의 정의만이 전능하다는 말을 되풀이했다.

그때 내 속에서 무엇인가가 터져버렸다. 나는 소리쳤다. 당신은 이승에서의 삶을 저버리고 자유의지를 포기했기 때문에 자기가 살아 있다는 사실조차 확신하지 못하고 죽은 사람처럼 살고 있다고, 나는 곧 닥쳐올 죽음에 대해 확신을 가지고 있기 때문에 나야말로 살아 있다고, 삶은 부조리하기 때문에 의미가 있는 것도 아니고 없는 것도 아니며, 단지 매순간 선택을 하는 것일 뿐이라고! 그러고도 수없이 많은 말들이 내 입 밖으로 봇물처럼 쏟아져 나왔다.

사제가 감방을 떠난 뒤 나는 기진맥진하여 침상 위에 쓰러졌다. 얼마 후, 아직 잠들어 있는 여름의 경이로운 평화가 밀물처럼 내 속으로 흘러들어왔다. 내 몸속에서 본능적인 감각이 다시 깨어난 것이다. 누군가가 이런 말을 했다. "나를 불행하게 만든 건 결코 나의 사고방식이 아니다. 타인들의 사고방식이다." 나는 그 말에 전적으로 동의한다. 이제 적어도 나는 그동안 내가 무엇에 대해 저항해 왔는지 알게 되었다. 아마도 감옥에 들어오지 않았으면, 그리고 저들이 나를 조롱하며 궁지로 몰아넣지 않았으면 내내 모르고 지냈을 것이다. 이제 비로소 나는 지금까지 내가 왜 그렇듯 남들과 다르게 느끼고 생각하고 행동했는지 분명히 인식할 수 있었다. 비로소 나는 나 자신을 이해할 수 있었다.

그러자 처음으로 세계의 다정한 무관심에 마음이 열렸다. 이 세계 혹은 이 우주에서 우리는 살고 있다. 그러나 이 우주는 우리 인간들에 대해 무관심하다. 하지만 우리가 편견을 버리고 실존 그 자체의 고통과 행복을 받아들이며 우주의 진실에 다가설 때, 우주는 우리에게 다정하게 다가온다. 그런 의미에서 이 세계는 우리에게 무관심하지만 다정하고, 다정하지만 무관심하다. 우리와 세계는 서로 닮아 있고 형제와도 같다.

이제 내게 남은 소원은 단 하나, 내가 처형당하는 날 구경꾼들이 많이 몰려와서 증오의 함성으로 나를 받아주었으면 하는 것뿐이었다. 그 증오의 함성은 관습과 도덕과 제도에 젖어 있는 자들이 두려움에 질린 채 내지르는 아우성이다. 관습과 도덕과 제도, 사랑과 종교도 그들에게서 두려움을 가라앉히지 못한다. 그래서 그들은 수시로 공황 상태에 빠져든다. 서로를 미워하고 단죄하고 사형에 처하는 것도 그래서이다. 그리고 그 두려움이야말로 그동안 내가 이겨내려 했던 저 도저한 적이었다. 적이 강하면 강할수록 내 행동의 의미도 더 커진다. 그리하여 저들의 함성이 귀를 찢는 야유가 되어 나를 에워쌀 때, 나는 이제 덜 외롭다고, 모든 게 완성되었다고 느낄 수 있을 것이다.

문체론을 통해
《이방인》읽기

김윤진*(번역가)

카뮈의《이방인》은 흔히 부조리 문학의 전형으로 제시되며, 그 작품세계를 지탱하는 뼈대로 실존주의 철학이 거론된다. 그렇기에 이 작품을 읽을 때, 실존주의 철학을 참조하면 보다 깊은 이해가 가능할 것이다. 실존주의 철학에서 말하는 바에 따르면 인간에게 있어서는 실존이 본질에 앞선다고 한다. 보다 쉽게 이 명제를 이해하기 위해 하나의 예를 들어보자. 여기 모자를 만드는 사람이 있다고 하자. 그는 모자를 만들기 위해 그 모자의 형태, 크기, 색상 등을 미리 구상할 것이다. 이때 모자의

---

*김윤진은 서울대학교 불어교육과와 동 대학원 불어문학과에서 번역학을 전공했고, 현재 한국문학번역원에 재직 중이다. 서울대학교, 홍익대학교 및 이화여대 통번역대학원에 출강했고, 현재는 한국외대 통번역대학교 겸임교원으로 활동하고 있다. 지은 책으로《불문학 텍스트의 한국어 번역 연구》, 연구논문으로는 〈번역의 손실과 보상〉, 〈문화의 충돌과 번역의 문제점〉이 있으며, 옮긴 책으로《조서》,《프랑스 낭만주의》,《플랫폼》,《유클리드의 막대》,《한밤의 사고》 등이 있다.

용도, 형태, 크기, 색상 등이 바로 모자의 본질을 이룬다. 모자가 만들어지기 이전에 미리 본질이 규정되는 것이다. 그러나 사람의 경우는 다르다. 우리는 대통령을 만들거나 미모의 여배우를 만들고자 자식을 낳는 것도 아니고, 낳았다고 해도 반드시 그렇게 되지도 않는다. 다시 말해, 인간은 모자와 같은 본질을 미리 지니고 태어나는 것이 아니다. 그렇기 때문에 사람의 본성이 어떻다 하고 미리 규정한다는 것은 인간을 사물과 같이 보는 것이나 다름없다. 인간이 주어진 본질이 없이 태어난다는 것은 곧 세상에 내던져진 잉여의 존재라는 것을 의미한다.

그리고 정해진 것, 이미 주어진 것이 없는 잉여의 존재로서의 인간은 불안과 공포에 사로잡히지 않을 수 없다. 왜냐하면 매순간 선택에 의해 스스로의 존재를 만들어가야 하고 또 자신의 선택에 책임을 져야 하기 때문이다. 그리고 그때의 자유로운 선택에는 어떠한 자기기만도 섞여서는 안 된다. 예컨대 "우리 아이가 머리는 좋은데, 노력을 안 해서 성적이 나쁘다"라거나 "애가 천성적으로 착한데, 나쁜 친구들 때문에 그렇다"라는 말은 자기기만적인 표현이다. 그와 같이 인간의 본성은 어떻다라든지, 어떤 윤리성을 가지고 살아야 인간다운 삶이라는 태도 역시 미리 인간의 본질을 규정하는 자기기만에 속하는 것이다. 이렇게 인간에게서 그동안 믿고 살아왔던 인간성, 윤리 규범, 논리성, 합리성이라는 것을 배제한다면 과연 어떠할까? 인간의 삶을 지탱해오던 본질이라는 것들이 그 근거를 잃게 되면, 세계는 도저히 이해할 수 없는 부조리한 세상이 될 것이다. 카뮈가 《이방인》에서 보여주는 세계가 바로 그러한 세계이다.

《이방인》의 내용에서 우리가 읽어낼 수 있는 부조리란 주인공 뫼르소의 상궤에서 벗어난 행위들, 예컨대 어머니가 돌아가셨는데 관에 든 시신의 얼굴을 보려하지 않는다거나, 장례식 이후에 해수욕장에 가서 마리라는 여자를 만나 희극영화를 보고 같이 잠을 잔다든지 하는 비윤리적 행위, 아랍인을 권총으로 쏘아 죽이고 그 동기로 햇빛을 내세운다든지 하는 비합리적인 행위에서 연유하는 것이기도 하고, 또 다른 한편으로는 살인죄에 대한 법적인 처벌이 살인행위 그 자체보다는 주인공의 비윤리성에 결부시켜 행해지는 사회제도 상의 비합리성에서 찾아볼 수도 있다. 그런데 이야기 차원에서만 부조리를 찾을 것이 아니라, 글쓰기 방식 자체에서도 그러한 것을 찾아볼 수 있지는 않을까? 사실 프랑스어 원문을 통해 읽는 《이방인》은 훨씬 더 충격적으로 다가온다. 번역으로는 도저히 옮길 수 없는 부분도 없고, 옮기기 힘든 부분, 어색한 부분들도 있다.

"오늘 엄마가 죽었다. 어쩌면 어제인지도 모른다"라는 문장으로 시작되는 카뮈의 《이방인》은 사실 당대 프랑스 독자들에게 커다란 충격과 반향을 불러일으켰다. 그리고 그것은 단순히 작품의 내용적인 층위에서뿐 아니라 글쓰기의 층위 자체에서도 그러했다. 비록 프랑스어와 우리말의 체제와 문법이 매우 상이한 까닭에 번역을 통해서는 확연히 나타나지 않지만 분명 카뮈의 글은 드러난 의미 이상의 것을 보여준다. 앞서 인용한 문장만 해도 그러한데, 과연 무엇이 충격적인지 알기 위해서는 먼저 프랑스어의 과거 시제를 이해할 필요가 있다.

　프랑스어의 과거 시제에는 세 종류가 있다. 단순과거, 복합과거, 반과거가 바로 그것이다. 그중 반과거는 과거에서의 '지속성', '반복성'을 나타낸다. 우리말로 옮기면 '~하고 있었다'라거나 '~하곤 했다'가 된다. 이에 비해 단순과거와 복합과거는 둘 다 '~했다'로 옮겨진다. 따라서 단순과거로 쓰인 글이나 복합과거로 쓰인 글이나 우리말로는 아무런 변별성을 지니지 못한 상태로 번역된다. 그렇지만 둘 사이의 차이는 의외로 크다. 단순과거는 이야기하는 시점이 드러나지 않는다는 특징이 있다. 거기에는 단지 이야기되는 것의 시간만이 존재한다. 그리하여 그것은 시간적으로 연속적인 흐름을 유지하며, 대과거, 과거 그리고 미래로 향한 단절 없는 안정된 시간대를 형성한다. 반면 복합과거는 이야기하는 시점이 관여하기 때문에 하나의 복합과거는 그 이전이나 그 이후의 복합과거와 동일한 시간대를 형성하지 않는다. 이야기되는 시간은 이야기하는 시간과의 관련 하에서만 그 위치를 명확히 하기 때문에 복합과거로 쓰인 이야기란 시간의 흐름 속에 위치한 화자의 존재에 의해서만 통일성을 얻는다. 따라서 이야기하는 시간이 이야기되는 시간에 겹침으로 인해 복합과거로 쓰인 이야기에서는 부단한 시간의 흐름이라는 신화가 깨어지고 그 신화 위에 서 있던 세계는 불안정한 세계로 변모하게 되는 것이다.

　또한 19세기 소설의 대부분이 그러하듯 단순과거로 쓰인 이야기는 화자를 결부시키지 않기 때문에 화자의 주관성을 배제하는 효과를 지니고 있다. 단순과거가 서술의 시제로 사용될 때, 이야기되고 있는 것은 어떤 특정한 개인의 관점에서 본 주관적인 세계가 아니라 마치 하나의 객관적 대상처럼 제시되는 것이다. 글을 쓰는 현재 혹은 글을 읽는(독자가 독서행위를 통해 화자와 스스로를 동일시할 때) 현재를 배제하는 그 과거는 실제의 현실과는 동떨어진 다른 세계의 이야기이며 그 세계와의 거리감은 독자에게 안도감을 불러일으킨다. 그 안도감은 한편으로는 이야기가 어디까지나 허구에 불과하다는 점, 그리고 허구이기 때문에 정연하게 구성될 수 있는 세계의 질서가 안정성을 불러일으킨다는 데에서 생겨난다.

그러나 복합과거는 언제나 글을 쓰는 현재와 연관된 것이기 때문에 화자의 주관적 관점이 고스란히 드러나게 된다. 화자의 눈에 비친 세계, 어쩌면 오류일 수도 있는 세계의 단편적인 모습, 끊임없이 화자에 의해 해석되어진 세계만 독자에게 주어지는 것이다. 복합과거의 시제가 전제하는 화자의 현재는 독서행위를 통해 독자의 현재와 다시 겹치며, 그리하여 독자로 하여금 이야기가 독자와 상관없는 허구가 아니며 당신의 주위에서 실제로 일어난 일임을 알림으로써 진정한 사실성을 획득한다. 또한 복합과거는 이야기를 단절이 없는 시간의 흐름 속에 위치시키는 것이 아니라 단속적으로 만든다. 반복되는 복합과거는 문장과 문장 사이에 시간적 단절이 있음을 암시하며 그리하여 삶이란 연속이 아니라 순간들의 계기로 이루어져 있음을 드러내는 것이다.

　"오늘 엄마가 죽었다. 어쩌면 어제인지도 모른다." 이 문장이 복합과거로 쓰였다는 것은 따라서 이 글이 화자의 엄마가 죽은 날 혹은 죽은 다음 날 쓰였다는 것을 독자에게 알리는 것이다. '엄마가 죽었는데 글을 쓰고 있다니……'라는 생각과 관계없이 그 다음에 나오는 모든 사건들은 화자가 글을 쓰는 그 날 혹은 바로 그전에 쓰였음을 가리키고 있다. 따라서 《이방인》의 내용은 이미 완결된 과거의 일을 논리나 인과관계에 의해 재구성하는 방식이 아니라, 그때그때 있었던 일을 그대로 제시하는 방식으로 독자에게 전해진다. 이렇게 순간의 나열로 이루어진 이야기의 세계에서는 논리와 인과성이라는 그물망이 느슨해지거나 풀어진다. 세계는 이미 주어져 있는 객관적 진리나 의미로 인해 공고한 체제를 이루고 있는 것이 아니라, 화자의 주관적 해석을 통해 전해지는 의미 없는 단편들의 이어짐으로 제시되기 때문이다.

　카뮈는 복합과거뿐 아니라 자유간접화법이라는 또 하나의 기법으로 화자의 주관성을 더욱 배가시킨다. 자유간접화법 역시 우리말과 프랑스어의 어법상 차이로 인해 쉽게 번역할 수 없다. 자유간접화법은 직접화법과 간접화법을 절충한 화법으로서, 플로베르가 《보바리 부인》에서 처음으로 사용한 기법이다. 등장인물의 목소리를 그대로 재생하는 직접화법이나 화자의 주관적 입장에서 타인의 목소리를 수용하는 간접화법과 달리 자유간접화법이란 미하일 바흐찐이 지적한 바와 같이 '타자의 발화를 능동적으로 이해하는 완전히 새롭고 적극적인 발화체'로서 서술자의 음성과 작중인물의 음성을 서로 뒤섞어 제시하는 화법이다. 《이방인》에는 약 55개 정도의 자유간접화법을 구사한 발화체가 나오는데, 대체로 그것들은 뫼르소라는 인물과 겹쳐진 화자가 다른 등장인물의 대화를 생생하게, 그러면서도 자신이 받아들이는 바대로 옮기는 수법으로 이해할 수 있다. 여기서 자유간접화법은 다른 인물들의 생생한 목소리를 그대로 전달하는 직접화법의 효과와 함께 화자/인물의 주관성의 틀에서 벗어나지 않는다는 이중의 효과를 낳는다. 만일 '나'라고 지칭되는 뫼르소가 간접화법을 통해 서술한다면 다른 인물들의 주관성은 상실되고 오직 뫼르소의 관점만이 드러나게 된다. 반면 직접화법을 통해 서술되는 내용은 다른 인물의 주관성이 드러나긴 하지만 그와 동시에 서술의 주체와 서술되는 주체, 즉 이야기를 하고 있는 '나'와 이야기되고 있는 '나'가 분리되는 결과를 낳는다. 이야기하는 '나'는 타인의 이야기를 객관적으로 제시하기 위해 이야기되는 '나'로부터 떨어져 나와야 하기 때문이다. 카뮈가 사용하는 자유간접화법은 바로 그러한 '나'의 분리를 막고 동시에 인물의 주관성을 획득하는 기술적 장치라고 할 수 있을 것이다. 자유간접화법의 예로 검사가 뫼르소의 죄를 논하는 대목을 살펴보자.

그의 말에 따르면, 이 흉악한 범죄 앞에서는 상상력조차 무력해진다는 것이었다. 그는 인류의 정의가 가차 없는 처벌을 내리기를 감히 바라마지 않는다. 그러나 이 범행이 자신에게 불러일으키는 혐오감은 나의 무감각함 앞에서 느끼는 혐오감에 비하면 아무것도 아님을 서슴없이 말할 수 있노라 했다. 또 그의 말에 따르면, 도의적으로 자기 어머니를 죽인 자는 자기를 낳아준 아버지를 자기 손으로 죽인 자와 비교할 때 인간들의 사회를 저버리기는 마찬가지였다. 두 경우를 놓고 보면, 앞의 행동이 뒤의 행위를 예고할 뿐만 아니라, 어떤 점에서는 유발하고 정당화하는 셈이라는 것이었다.

이 대목을 직접화법으로 옮긴다면 다음과 같을 것이다.

"이 흉악한 범죄 앞에서는 상상력조차 무력해집니다. 저는 인류의 정의가 가차 없는 처벌을 내리기를 감히 바라마지 않습니다. 그러나 이 범행이 제게 불러일으키는 혐오감은 저 자의 무감각함 앞에서 느끼는 혐오감에 비하면 아무것도 아니라고 서슴없이 말할 수 있습니다. 또한 도의적으로 자기 어머니를 죽인 자는 자기를 낳아준 아버지를 자기 손으로 죽인 자와 비교할 때 인간들의 사회를 저버리기는 마찬가지입니다. 두 경우를 놓고 보면 앞의 행동이 뒤의 행위를 예고할 뿐만 아니라, 어떤 점에서는 유발하고 정당화하는 셈입니다."

여러 문장으로 이루어진 검사의 말을 직접화법으로 옮긴다면 검사의 말을 옮기는 '나'와 그 말을 듣는 '나'의 분리가 이루어지지만 전체를 자유간접화법으로 묶어 놓는다면 그러한 분리 없이 생생하게 검사의 말을 전할 수 있는 장점이 있다. 그런데 이 대목을 우리말로 옮기자면 작가의 의도를 무시하고 직접화법으로 옮길 수도 없고, 또 간접화법으로 옮기기에도 여러 가지 무리가 따른다. 그러기에 역자는 '그의 말에 따르면'이라는 표현을 통해 가능한 한 자유간접화법을 살리고자 노력한 것이다.

누구나 지적하듯 카뮈의 《이방인》에서 두드러지게 나타나는 것은 삶의 부조리에 대한 의식이라 할 수 있다. 그 부조리라는 것은 소위 우리가 인간적인 삶이라 부르는 것을 지탱하는 원칙들이 인간의 본질에 의거한 내재적인 그리고 필연적인 것이 아니며, 조리 있게 설명할 수 있는 것도 아니라는 것을 보여준다. 즉 우리의 삶이란 오로지 순간순간의 의식의 파편들로 이루어져 있으며, 그 순간들 사이에는 그것들을 이어주는 어떠한 연속성, 통일성의 논리가 존재하지 않는다는 것이다. 우리가 삶을 연속적인 것으로 인식하는 것은 진실이 아니라 다만 자기기만적인 믿음에 지나지 않는 것이며, 그 믿음이란 세계가 부조리하다는 것을 깨닫는 명철한 의식 앞에서 그 허위성을 드러내고 만다. 카뮈는 그러한 세계의 부조리를 드러내는 방식으로써 일반적으로 용인된 어떠한 인간적 가치, 감정, 판단을 배제하는 글쓰기를 시도한다. 문장과 문장 사이에서, 단락과 단락 사이에서 독자가 발견하기를 기대하는 소위 인간적 가치라고 하는 것이 철저히 배제된다. 그러한 인간적 가치의 배제는 문장과 문장 사이에서 그 둘을 이어줄 접속사, 즉 어떠한 행위의 이유를 설명한다거나 또는 그 행위를 감싸줄 수 있는 매개적 의미를 지니고 있는 접속사의 생략을 통해 행위들을 그저 시간적 순서에 따라 배열함으로써 이루어진다. 호흡이 짧고 무미건조한 문장들 사이에는 어떠한 의미로도 채울 수 없는 침묵, 한 순간과 또 다른 시간 사이의 공백 이외에는 아무것도 없다.

문장의 층위에서뿐 아니라 어휘나 표현에 있어서도 카뮈의 글은 매우 절제하는 모습을 보인다. 이때의 절제란 무엇보다 장식적인 수사의 결여, 일상적인 가치관을 드러내는 단어들의 부재 등으로 나타난다. 물론 그렇다고 해서 이 작품에 이미지나 상징, 비유적 표현이 없다는 것은 아니다. 다만 '나'라는 화자와 동일시되는 뫼르소의 감정이 외부세계에 투영되어 외부의 대상이나 사건들에 감정이나 가치평가의 덧칠을 하는 경우가 많지 않다는 것을 의미한다. 대상들은 단지 대상들로서 제시될 뿐, 그 자체로서 어떠한 본질이나 가치를 미리 지니고 있는 것으로 나타나지 않는다. 그리하여 대상이나 행위는 메마르고 냉철한 시선에 비친 그대로의 생경한 모습을 드러낸다.

카뮈의 《이방인》은 우리가 살아가는 일상적인 삶 그리고 우리가 믿고 추구해온 의미와 가치들에 대한 전면적인 부정과 회의를 통해 '날 것' 그대로의 낯선 세계를 보여준다. 뫼르소라는 인물에 의해 파괴된 안온하고 평화로운 일상의 삶은 새로운 세계, 매순간 고통스럽지만 스스로의 존재 의의를 만들어가야 하는 실존적 삶에 그 자리를 내어주게 된다.

발표된 지 수십 년이 흘렀음에도 불구하고 이 작품이 여전히 독자들의 사랑과 관심의 대상이 되는 것은 우리들의 삶에 대해 언제나 유효할 수 있는 질문을 던지게 하고 진지하게 그 대답을 요구하기 때문이라 하겠다.

알베르 카뮈
연보

11월 7일 알제리의 몽도비(현 드레앙)에서 이 | 1913
주민 가정의 둘째 아들로 출생. 알제의 포도
주 도매상회에서 일하던 아버지 뤼시앙 카
뮈가 그해 봄 회사의 포도원 관리를 맡아 몽
도비로 파견되자 가족이 함께 이주.

1차 세계대전이 발발, 보병으로 징집된 아 | 1914
버지가 부상당하여 생 브리외 병원에서 사
망함. 어머니는 알제로 돌아와 서민 지역에
정착하여 가정부로 일했고, 가족들은 그녀
의 수입에 기대 어렵게 생계를 이어나감.

초등학교 졸업. 2학년 담임이었던 루이 제 | 1923
르맹의 도움으로 장학생 선발시험에 합격하
여 중학교 진학.

문과반에서 철학교사로 부임한 장 그르니 | 1930
에와 처음으로 만남. 고등학교 졸업. 폐결핵
첫 발병. 집을 나와 여러 곳으로 옮겨 다니
며 요양 생활을 시작함.

6월, 막스 폴 푸셰의 소개로 알게 된 시몬 이에와 결혼.	**1934**
《안과 겉》 집필 시작. 8월, 장 그르니에의 추천으로 파리 공산당 가입.	**1935**
시몬 이에의 외도로 파경에 이름. 알제 대학 졸업.	**1936**
알제의 샤를로 출판사에서 첫 작품 《안과 겉》 출간. 수학교사이자 피아니스트인 프랑신 포르와 첫 만남.	**1937** 《안과 겉》
파스칼 피아가 주도하는 좌파 일간지 〈알제 레퓌블리캥〉의 기자가 되어 알제리의 정치적 문제점들을 파헤치는 한편, 문학 작품들에 대한 일련의 서평 게재. 《칼리굴라》 집필.	**1938**
로블레스 등과 함께 잡지 《리바주》 창간. 존경하던 앙드레 말로와 만남. 샤를로 출판사에서 산문집 《결혼》 출간.	**1939** 《결혼》
〈알제 레퓌블리캥〉이 폐간되자 파리로 자리를 옮겨 〈파리 수아르〉에 입사. 《이방인》 탈고. 《시시포스의 신화》 전반부 집필. 프랑신 포르와 리옹에서 결혼. 12월 〈파리 수아르〉를 그만두게 되면서 오랑으로 이주.	**1940**
폐결핵 재발. 파리 갈리마르 출판사에서 《이방인》(5월)과 《시시포스의 신화》(10월) 출간.	**1942** 《이방인》 《시시포스의 신화》
갈리마르 출판사의 고문직을 맡음. 〈독일인 친구에게 보내는 편지〉 제1신 발표.	**1943**
희곡 〈오해〉를 무대에 올림. 〈독일인 친구에게 보내는 편지〉 제2신 발표. 앙드레 지드,	**1944** 《오해》

장 폴 사르트르와 만남. 사르트르와는 실존
주의라는 타이틀 아래 두 사람을 한데 엮는
대외적인 평가와는 다른, 서로의 상이한 입
장을 확인. 파스칼 피아와 함께 레지스탕스
의 기관지였던 〈콩바〉의 편집과 운영을 맡
음.

〈독일인 친구에게 보내는 편지〉 제3신 발표. 쌍둥이 남매 장과 카트린 출생. 〈칼리굴라〉가 초연되어 대성공을 거둠.	1945	《칼리굴라》 《독일인 친구에게 보내는 편지》
파스칼 피아의 사임으로 〈콩바〉의 운영을 맡았으나 3개월만에 사임. 《페스트》 출간. 평단의 호평을 얻으며 비평가 상 수상.	1947	《페스트》
장 루이 바로와 함께 쓴 〈계엄령〉 초연.	1948	《계엄령》
남아메리카의 여러 지역을 여행. 빅토리아 오캄포 방문. 〈정의의 사람들〉 초연.	1949	《정의의 사람들》
	1950	《시사평론》 1권
《반항하는 인간》 출간.	1951	《반항하는 인간》
소련과 동구의 공산주의 이데올로기의 허구성을 비판하고 있는 《반항하는 인간》으로 인해 사르트르와 1년 이상 논쟁을 벌이다가 결국 결별을 선언.	1952	
	1953	《시사평론》 2권
산문집 《여름》 출간.	1954	《여름》
주간지 《렉스프레스》의 논설위원으로 활동하며 알제리 문제를 다룸.	1955	

알제리 민족주의자들의 구명 운동에 참여. 소설《전락》출간.	1956	《전락》
단편집《적지와 왕국》출간. 프랑스인으로 아홉 번째이며 최연소(44세)로 노벨문학상 수상.	1957	《적지와 왕국》
노벨문학상 수상 연설과 스톡홀름 대학교에서 한 강연을 엮은《스웨덴 연설》출간.	1958	《스웨덴 연설》 《시사평론》3권
자전적 소설《최초의 인간》집필 시작.	1959	
1월 4일 갈리마르 출판사 사장의 조카인 미셸 갈리마르가 운전하는 차를 타고 파리로 가던 중 몽트르 근교 빌블르뱅에서 교통사고로 현장에서 사망.	1960	
《이방인》의 전신인 미발표 소설《행복한 죽음》출간.	1971	《행복한 죽음》
딸 카트린 카뮈에 의해 미완성 작품《최초의 인간》출간.	1994	《최초의 인간》

옮긴이 **최수철**

1958년 춘천 출생으로 서울대학교 불어문학과 및 동 대학 대학원을 졸업했다. 1981년 조선일보 신춘문예 소설 부문에 〈맹점〉이 당선되면서 등단했으며, 1998년 윤동주 문학상, 1993년 이상 문학상, 2009년 김유정 문학상 등을 수상했다. 르 클레지오의 작품을 비롯한 다수의 프랑스 작품을 번역 소개한 바 있다. 현재 한신대학교 문예창작과 교수로 재직 중이다. 지은 책으로는 《공중누각》《고래 뱃속에서》《어느 무정부주의자의 사랑》《벽화 그리는 남자》《불멸과 소멸》《매미》《페스트》《침대》 등이 있으며, 옮긴 책으로는 《황금 물고기》《매혹》《우연》《불타는 마음》 등이 있다.

세계문학의 숲 020

이방인

2012년 6월 20일 초판 1쇄 발행
2014년 4월 15일 초판 2쇄 발행

지은이 | 알베르 카뮈
옮긴이 | 최수철
발행인 | 이원주

발행처 | (주)시공사
출판등록 | 1989년 5월 10일(제3-248호)

주소 | 서울 서초구 사임당로 82(우편번호 137-879)
전화 | 편집 (02)2046-2851·영업 (02)2046-2800
팩스 | 편집 (02)585-1755·영업 (02)588-0835
홈페이지 | www.sigongsa.com
세계문학의 숲 홈페이지 | www.sigongclassic.com

ISBN 978-89-527-6608-3(04860)
      978-89-527-5961-0(set)

시공사 세계문학의 숲은 계속 출간됩니다.